根本真情系列 2

天公疼憨人

林怡種／著

序

風格與品味
——試論林怡種的《天公疼戇人》

／陳長慶

《天公疼戇人》是林怡種先生作品系列之一。

綜觀他收錄於書中的百餘篇文章，已不是單純的一般散文小品，書寫的觸角亦已深入到人性的探討、社會的觀察、生存的定義、善惡的分辨、是非的分明。大凡浯鄉的民情風俗、族群的融洽、人間的冷暖、政局的穩定、股市的漲跌、交通的亂象、政客的嘴臉；甚至，愛惜海洋、保護生態、望海生憂、藉古諷今，幾乎都在他的神筆下揮灑成章。而且，每篇均以小故事、大道理的文體來書寫，不僅見證社會的變遷，也同時揭櫫人性善良與醜陋的一面，部份篇章更可做為青年學子、邁向人生大道的座右銘。

摒除上述，我們亦可從他的作品中，發覺到許多即將流失的鄉諺俗語，譬如：「五凡扛一妹，要嫁無金箍也鳳冠」，「嫁著做穡尪，三頓躘灶坑」，「錢銀有地賺，名聲無地買」，「歹鐘累鼓，歹尪累某」，「人佇中進士，伊佇捶死羊母頭」，「一更窮，二更富，三更起大厝，四更賣袂赴」，「嘴闊食四方，肚大奇財王」，「食飽睏，圓滾滾」……等。甚且，也有以鄉諺俗語命題的，例如：〈天公疼戇人〉、〈四兩窕仔愛除〉、〈偷食著擦嘴〉、〈書讀佇胛脊〉、〈窮厝無窮路〉、〈一時風駛一時船〉、〈青瞑毋驚槍〉、〈最牛踏無糞〉……等。這些寶貴的文化資產，如果不加以保存而任由它自生自滅或荒廢的話，的確是浯鄉之悲。因此，我們認為，林怡種這本書的出版，絕對有其流傳的普世價值，它不僅有現代文學的氣勢，亦融會著鄉諺俗語的文采，讓廣大讀者的心靈，更能貼近這塊土地，繼而地引起共鳴。

誠然，筆者不能針對書中的每一篇作品詳加分析，卻不難看到林怡種欲表達的意象是什麼。他在書題作品〈天公疼戇人〉開宗明義地告訴讀者們說：「人世間很多事無法憑聰明才智去意料，冥冥之中有一股看不見的力量在主宰，沒有人天生是贏家，為人處事也不必太計較，因為天公有時嘛也疼戇人。」在〈不要把人看扁〉裡，他藉著先賢蔡復一的「一目觀天斗，孤跤跳龍門，麻臉滿天星，龜蓋朝天子」來嘲諷那些庸俗的人們。他毫不客氣地直言：「喜歡在門縫裡看人，把人看扁仍是一般人的通病，看順眼者棒上天，反之貶抑踐踏在地。天生我材必有用，人人頭頂一片天，千萬不要把人看扁。」在〈書讀佇胛脊〉他更提出：「如果書讀得越多，教育程度越高的人，只是為了更懂得如何掠奪名利與財富，無視於公平正義的存在，厚顏而無恥，笑罵由人，這樣的讀書人，充其量也只是一個讀聖賢書的賊而已。當然，絕大多數的人讀聖賢書，因而明是非、辨善惡，更擁有一顆悲天憫人的胸襟。然而環視今日社會，學歷愈高愈自命不凡，更加自私自利，拔一毛而利天下的事卻不為。」在〈瓜田李下〉他寫著：「這是一個開放的社會，任何矯情掩飾，最後終逃不過大眾的檢驗，因為天下只有傻瓜，才會將別人當傻瓜。」在〈相信自我〉裡，他說：「人生的旅途，我只相信自己，從不向命運低頭，然而，處在這個『窮算命，富燒香』的年代，或許算命和燒香也能帶給人們心靈上的一些慰藉，有其存在的價值。至於某些專門喜歡拉女生小手看相之徒，那是醉翁之意不在酒，荒誕復可笑，切莫輕信才好。」

倘若以文學的觀點來說，顯然地，收錄書中的百餘篇作品，可說篇篇都有其可讀性與感人處，即使筆者只摘錄其中的小片段來詮釋，不能以整本書的格局做論述，但依然能感受到作者精闢的見解和綿密的思維。如果作者對這個社會以及人性的善惡沒有長久的觀察和體悟，勢必難以領會它的現實和不堪，也不可能因此而塑造出自己獨特的書寫風格，讀者們更品嚐不到書中的精華，這似乎也是這本書最值得稱頌的地方。

《天公疼戇人》書中各篇，均為林怡種先生以「根本」為筆名，在金門日報〈浯江夜話〉之專欄作品；如今，重新篩選分類，輯成數個獨立的單元，以一個全新的面貌，交由秀威資訊科技公司輯印成書，向兩岸三地以及海外擴大發行，讓讀者們共同來分享他那一篇篇鏗鏘有力、文采並茂、辭理可觀，富有啟發性的勵志小品。但願讀者們能細嚼慢嚥，好好品嚐，定能從其中悟出真理，獲得無窮的知識。彷彿看到的是一篇篇精彩感人的小故事，而裡面卻隱藏著能啟發人性的大道理，甚至亦可說是一則則規諫的醒世箴言。

早期從事散文創作的林怡種，他的作品已在國內文壇佔有一席之地，並於八〇年代結集出版了《拾血蚶的少年》一書，曾經得到名作家丘秀芷女士和林文義先生以及眾多文友的讚賞。然而他卻自謙「才疏學淺」又無「傲人學歷」，但我還是十分認同美國哈佛大學「東亞語言與文明系」教授，宋怡明博士對他「沒學歷，有學問、有能力」的評語。倘使從他擔任金門日報編輯主任與總編輯期間，所書寫的各種文類來論斷的話，宋博士所下的定論，絕非言過其實。儘管這是一個高學歷掛帥的年代，但如果一位文學博士不能以作品來服人，又豈能與沒有傲人學歷而書寫過數百篇社論與方塊文章、甚至出版過散文集的林怡種相媲美。

假設作品必須與學歷劃上等號，我何德何能能在《天公疼戇人》這本書裡留下隻字片語。可是數年來我們早已把建立在文學上的互動，提升至無所不談的知交，並攜手同在浯鄉這塊文學聖地上耕耘。不管它將來能綻放出什麼花朵，願友誼之情、文學之心，常在我們的記憶中浮動。是祝福，也是互勉，不敢言序！

二〇〇七年初冬於金門新市里

目次

天公疼戇人

「海砂屋」危害住家安全，問題之嚴重經媒體引爆之後，像骨牌效應般迅速在各縣市蔓延，由於金門沒有河川，所有的建築用砂，幾乎都源自海邊，甚至，很多建築用砂，剛從海邊撈起即和水泥攪拌，因此，類似的新聞報導，最令鄉親憂心忡忡！

我也有一幢三層樓透天房子，十年前蓋的，自己買材料，由叔父承建，所使用的建砂百分之百是海砂，可是，今天正當大家在眈心受怕之際，我卻信心滿滿，自認自己的房子不會有問題，因為，那是歷經幾番波折之後意外的收獲。

記得和內人剛從鄉下步入市街，初嚐營利賺錢的滋味，常暗忖著投資做生意，房子是租來的，實非長久之計，因此，掌握一個難得的機會，忍痛以超高價在附近買了一間瓦房店面。因租來的房子，租金將被加倍調漲，於是，決定拆屋自建，主意既定，劍及履及提出建令申請。

誰知，右鄰屋主擁有一整排店面出租，每月坐收租金笑得合不攏嘴，尤其，夫婦倆是一毛不拔出了名的「鐵公雞」，以利的觀點，他們是不肯再投注資金改建，所以，當我提出建令申請，即遭千方百計阻擾，光是一紙共同壁協議書，就讓我吃盡苦頭，動用很多地方仕紳去「關說」，最後，雖勉為其難同意，但要求我務必帶承包商作見證，在備考欄加註三條很苛的「但書」，言明因構工引起的損害，要我負完全責任。

這且不說，隔天心有未甘，拿著三份「空白協議書」，說他既然已幫我蓋章，為求公平起見，也要我先在該蓋章的地方簽章。我則委婉表明，空白的表格實在不能先簽章，於是，他們夫婦倆惱羞成怒，立即到鎮公所提出聲明已簽章的協議書無效，而且，來個「三不政策」——不接觸、不談判、不妥協，連民眾服站及鎮調解團體幾經調解，也束手無策。

最後，鎮長忍無可忍，特准我從基線內退十公分「自建牆」，這一招果然奏效，因為，只要我以灌漿方式先築起自建牆，隔壁的房子逢雨會灌水，將沒有人敢租，也不能與我的房子緊接重建，等於形同報銷了。因此，換他主動申請協調，願一起同時改建，互簽共同壁協議書，言明屋頂須同時灌漿，增加建築牢固。誰知，這一項「但書」，竟又是別有用心的陷阱。

原來，他改採緩兵之計，舊屋拆除之後，我急著建屋，把砂石都備妥，平頂板模也釘好，他卻按兵不動，真是拿他沒辦法，因為，他說：「有字讀字，協議書並無書明何時共同灌頂，再等個十年八年，也說不定！」於是，堆積如山的海砂，任小孩玩耍、任雨水沖失，差不多半年之後，才獲一起灌頂，海砂鹽份早已洗淨。

所謂「千算萬算，不值天一劃！」人世間，很多事無法憑聰明才智去意料，冥冥之中，還有一股看不見的力量在主宰，沒有人天生是贏家，為人處事，有時真的不必太計較，因為，天公有時嘛也疼戇人，「海砂屋」風波，就是最佳的印證，不是嗎？

一九九四年五月十三日

非常不同

二○○四年總統大選前夕，有一系列的「非常報導」光碟，利用諧音戲謔、影射、抹黑他人，在政壇上掀起波濤巨浪，引發藍、綠兩大陣營口水大戰，也成為街頭巷尾人們茶餘飯後的話題！

當然，古往今來，「相拍恨無手、相罵恨無話！」但是，民主社會「選賢與能」，人人手中一票等值，本是以數人頭的方式決勝負，如今淪為打破人頭、血淋淋的殺戮，手法無所不用其極，顯得十分的殘忍，令人不忍卒睹！

話說唐宋八大家之一的蘇軾，號「東坡居士」，才華洋溢是一代的文壇奇葩，所填的「水調歌頭」和「念奴嬌」兩詞，迄今仍為人們所傳頌。尤其，結交一位法號「佛印」的和尚朋友，兩人在佛學和文學上相互切磋、調侃，但每次都是和尚佔上風，「東坡」很不服氣，極力想扳回一城。

有一天，東坡寫了一首詩：「稽首天中天，毫光照大千，八風吹不動，端坐紫金蓮。」喜孜孜地差書僮送過江給佛印禪師，希望評評禪定功夫是否長進。和尚看後莞爾一笑，用紅筆在詩上寫了「放屁」兩個大字，再交給書僮帶回。本來，東坡暗忖佛印該會讚美一番，卻換來「放屁」嘲諷，不由得火冒三丈，立即過江準備向和尚討公道，那知佛印早已大門深鎖，只在門板上貼著：「八風吹不動，一屁打過江！」東坡看後，深覺慚愧不已，自嘆修行禪定還差遠矣！

又有一次，二人泛舟論詩、飲酒取樂，船至江中，「東坡」突然望著河岸大笑不止，「佛印」莫名所以，覺得其中必有蹊蹺，於是，順著岸邊望去，只見一隻狗正埋首啃骨頭，頓然徹悟：「狗啃河上（和尚）骨！」佛印心知東坡在嘲諷他，突然靈機一動，將手中扇子丟進江裡，然後，也哈哈大笑，東坡仔細一瞧，那把扇自己題過詩，卻掉進江裡順水漂流，不正是「水流東坡詩（屍）」嗎？又被和尚將了一軍！

同樣是嘲諷人，同樣取諧音，古今手法相似，意境卻「非常不同」，相差十萬八千里，不是嗎？

二〇〇三年十一月十八日

不亦快哉

清朝「文壇鬼才」金聖嘆，不滿朝廷大興文字獄，奔走呼叫「孔夫子死了」，帶領學生去哭孔廟，被以蠱惑倡亂判定死罪，其子梨兒、蓮子前往探監，父子淚眼相對，金聖嘆賦詩曰：「蓮子心內苦，梨兒腹中酸！」蓮子即「憐子」、梨兒是「離兒」，一語雙關，感人肺腑！

相傳金聖嘆被問斬的那天，正值隆冬時節，白雪紛飛，臨刑前他翹首蒼天，觸景生情，高聲吟誦：「天公何故惜金郎，萬里河山做孝堂，日出東方來祭奠，家家戶戶淚汪汪！」吟罷，劊子手刀起人頭落地，金聖嘆的頭顱連滾數丈，從耳內彈出兩只小紙團，監斬官打開一看，一紙寫著「好」字，另一紙寫著「痛」字。兩字合在一起，是對百姓陷於苦難的呼號，也是為自身不幸的際遇哀嘆！

其實，金聖嘆生平傳奇軼事極多，但讓人印象最為深刻的，莫過於三十三則「不亦快哉」的妙文，蔚為今古奇觀，不但為後人所傳頌，更常是騷人墨客仿效的對象。諸如有民國初年文學大師林語堂的「來台後二十四快事」，以及當代大文豪李敖的「不討老婆之不亦快哉三十三則」，都同樣則則膾炙人口，廣為人們津津樂道！

或許，「久旱逢甘霖、金榜題名時、洞房花燭夜、他鄉遇故知」是人生四大樂事，但日常生活之中，也常有一些快慰的事，雖稱不上人生樂事，卻足以讓人心涼脾肚開、或眉飛色舞精神振奮，也只能以「不亦快哉」一語概括！

當然，我不是文人，不敢附庸風雅，但當「夜貓子」幹新聞編輯，生活作息日夜顛倒，除了不利身體健康，其苦楚實在不足以為外人道也，然而，仍有許多「不亦快哉」的樂事，也就不揣淺陋比虎畫貓，試列幾則與讀者分享！

——拆閱投稿，欣見文情並茂，一口氣讀完，不亦快哉！

——審慎選稿，擬定標題，設定版面，大樣出爐時，不亦快哉！

——凌晨下班，「路上車輛絕，萬徑人蹤滅」，千山我獨行，不亦快哉！

二〇〇三年十一月十二日

閒話玄話

最近，經濟不景氣，失業率逐月攀高，搶案頻傳、竊盜四起，民眾居家生活缺乏安全感，於是，很多民眾爭相排隊買張「永保安康」的火車票，帶回家裡當護身符，求得心靈上自我安慰，希望幸運之神降臨，闔家大小平安順遂！

民眾爭相排隊購買「永保安康」的火車票，經過媒體大肆報導，於是，也有很多想要孩子的人，又掀起買「大肚」車票的熱潮，希望能身懷六甲，早生貴子！

其實，生活之中諸如此類的情事俯拾皆是，比方說，車牌號碼、電話號碼或房屋樓層，一般人普遍不喜歡「四」字，因為，不管用國語或台語唸，四和死的音都很相近，最是不吉利！因此，尾字逢四的車牌，監理單位為避免困擾乾脆捨去不製發；同樣的，電話號碼尾字逢「七四」或「三四」，民間用戶大都避之唯恐不及，寧可花錢換號，也不願每天與「去死」或「先死」常相左右，相反地，「遛遛大順」的六，以及「發發」諧音的八字，則是普羅眾生的最愛，甚至一張車牌或一個電話號碼，要花數十萬元擠破頭去搶標，亦在所不惜！

除此之外，新生兒初次上學、或考生應試，為人父母的「望子成龍、望女成鳳」，通常會在他們的口袋放一個「蔥頭」，象徵孩子有一個聰明的頭腦，功課好狀元及第，以光耀門楣。

據說，喜歡打麻將的人，出門時衣服一定穿得很合身，絕不可穿寬鬆的大衣，否則，那個不識氣的人，當面來句衣服太「大樞」，那是會觸眉頭，當天賭桌上會「大輸」！此外，有人「雀戰方酣」，你老兄就識趣一點，千萬別將手靠牌友的肩背，因為，「手氣背」是賭場最大的禁忌，不要自討沒趣。

以前，在台灣曾聽人講過，想結婚要到「永和」，夫妻才能永久和好、白頭偕老，千萬不能到「板橋」，因為，婚姻是百年大事，若像木板橋樑，隨時有斷裂的危機，那是攜手走過紅地毯那一端的人，最不願見到的！

浯江夜靜，拉雜寫來，字數已夠繳稿交差，只是，類似的「閒話玄話」，毫無科學根據，隨便說說，只供博君一笑，大家千萬別見怪才好！

二〇〇一年四月十四日

知難行易

近午時分，家裡突然無預警斷電，屋子裡一片漆黑，我拉開窗簾，瞥見一輛金黃色電力工程車，二個工程人員正在社區配電箱作業，立即關閉使用中的電腦，開車外出透透氣！

午後返家，屋子裡電是來了，可是，只有樓梯小燈炮發出微弱亮光，照明日光燈就是連閃都不閃一下，更別說有電視可看了！

因為，這年頭沒有電，居家幾乎無法正常生活，因此，立即打電話找水電商，很幸運地，電話一撥通，水電師正準備出門上工，滿口答應先順道前來幫忙處理，經初步電錶檢查測量，認為是屋子裡漏電所致，於是，逐樓將所有電器插頭拔除再檢測，可惜情況未見改善，又特架設防漏電的地線之後，情況仍未改善，懷疑是管線內電線出毛病，需要另排時間，全面拆線檢修，以測安全！

正當束手無策之際，一位懂水電的朋友正巧來訪，約莫三分鐘的光景，即斷定室外配電箱三向外線接反了，懷疑是剛剛電力工程人員維修作業不小心「擺烏龍」，所以，通知電力工程車趕回變更方向，屋內日光燈隨即大放光明。

當然，對於懂電的人來說，為什麼家庭電力突然變微弱，只要以電錶測試，那是雕蟲小技，易如反掌折枝，問題很快就找出來，可是，如果工夫修練不深，手忙腳亂弄得滿頭大汗，不僅無法解決問題，甚而可能「好好鱟，刣甲屎那流！」反而把事情都搞碴了。

話說從前，畢卡索為一貴婦作畫，只花了三分鐘，就完成一幅維肖維妙的素描，貴婦很滿意，畢卡索開價五萬法郎，貴婦認為只花三分鐘的工夫，要五萬元太貴了，畫家卻不客氣地告訴貴婦，雖然只花三分鐘作完一幅畫，但這三分鐘的工夫，卻已練了三十年！

所謂「台上一分鐘，台下十年工！」經過這次斷電事件，目睹搶修的過程，我更加體認「知難行易」的道理！

二〇〇一年十一月十五日

重讀孫運璿傳

前行政院長孫運璿大病初癒後不久，其生平事蹟開始在雜誌上連載，透過作者楊艾俐小姐的生花妙筆，篇篇引人入勝，可惜，報刊連載似同斷簡殘篇，每次讀起來總有意猶未盡的感覺，當專書結集面世時，我趕緊買一冊仔細咀嚼，讓一個「從拾糞的孩子而布衣卿相，做到行政院長」的故事，一氣呵成深鏤心銘。

然而，時序匆匆，恍忽間又過了三個春秋，最近，酷暑凌人，用電吃緊，白天日光燈每每無法啟動，室內一片渾沌，每當望著燈管興嘆的當兒，腦際裡便不由自主地浮現那個吆喝著驢隊，跋涉重山峻嶺，搬運發電機的情節，於是，我再從書架上抽出「孫運璿傳」，讓思緒重回那艱辛的年代，浸沐在「自平凡中走出來」的故事之中。

歷史告訴我們，很多偉人的誕生，並無顯赫的身世，他們往往來自平凡的家庭，孫運璿即是其中之一，他生在貧瘠清寒農家，五、六歲便開始下田幫忙農事，每天清晨頂著凜冽的寒風出門，和村裡一大群孩子爭著撿拾人畜糞便當肥料，供種植雜糧糊口；及長，負笈東北求學，進入俄人學校讀理工，受盡歧視與委屈，俄文看不懂，別人讀一遍，他咬緊牙根讀十遍，最後不但通過各項學科考試，甚至還獲得當屆第一名畢業。

古有明訓：「生於困危，死於安樂！」孫運璿的童年處在那窮苦的年代，環境使他成長，加諸備嘗異族凌侮的辛酸，尤其感同身受，熔鑄強烈的國家民族觀念，當他回到關內，有機會為百姓、為國家盡力的時候，更能時刻以家國社稷為念，更能擁有民胞物與的真誠關懷，發揮所長，跑遍大江南北及台灣，致力電力建設，使許多蕭瑟的窮鄉僻壤大放光明，燃起生機。

除此之外，當他有機會從政，更能胸懷千里，以誠懇、踏實、苦幹、勤儉的任事精神，不僅博得政通人和，更能輔弼元首，穩住中美斷交危機，帶給人民無限信心、突破困境，開創「台灣經濟奇蹟」。雖然，不幸突然中風病倒，卻能勇敢地站起來；他的傳記發行還不滿一個月，就銷售卅一版，在國人心目中，所獲愛戴之情，可見一斑！

是的，一個人的成功，不一定要「功略蓋天地，義勇冠三軍」，凡夫俗子，只要肯努力，付出光和熱，同樣能照耀寰宇，孫運璿從拾糞的孩子而布衣卿相，受千萬人所崇敬，就是很好的實例。

重讀「孫運璿傳」，又給我另一番新的感受。

一九九三年七月二十八日

從牛肉說起

這一陣子，生活圈的幾位摯友，相繼宣佈「戒吃牛肉」，令人錯愕不已；以前，大家算是標準的「饕客」，每隔一段時間，總要相偕上館子，吃客牛排、喝碗牛肉麵湯，甚至享受一頓全牛大餐。

老實說，我不是素食主義者，在飲食方面，堪稱是個道地的「肉食族」，喜歡吃「一團和氣」的紅燒蹄膀，更愛鮮嫩的「東坡肉」；生活之中，大有「無竹使人俗，無肉使人瘦」的感覺，惟獨兒時家裡豢養的愛犬，被人偷去宰殺祭五臟廟之後，十餘年來聞到「香肉」會噁心。除此之外，似乎百無禁忌，因此，有人邀我上牛排館，從無避諱；餐桌上出現牛肉，自是當仁不讓。當然，孩提時，長輩曾一再耳提面命，要求不能吃牛肉，否則，說什麼會像牛一樣笨啦、功課會考不及格啦等等，不一而足。

事實上，中國以農立國，五千多年來，牛幫炎黃子孫拉犁耕田，讓五穀豐登，孕育華夏民族。而我們的老祖先，代代縱橫阡陌，從晨曦初露到黃昏夕照，耕牛如影隨形，彷彿就是農家的一員，尤其，耕牛走過春夏秋冬，翻土耙地，汗水滋潤的青禾，人們擷取甜美的果實，卻讓牠吃無用的莖葉和糟糠，怪不得很多老農看到年青人大口吃牛肉，都看不慣直呼殘忍，責罵忘本！

其實，認真說起來，吃不吃牛肉，這是觀念問題，就像回教徒不吃豬肉，印度人不吃牛肉，甚且連馬路上的牛糞也視為聖品，皆不足以大驚小怪。若說吃牛肉很殘忍，吃豬肉豈不同樣是殺生，何況，環境變遷，耕耘機代替牛隻，人們養牛不再只為了幫助農事，而是一種企業化的畜牧經營，養牛和養豬並沒有什麼不同。

然而，摯友告訴我，他戒吃牛肉的理由很單純，絕不是貪圖榮華富貴，祈求長命百壽，而是每當假日返回鄉下，觸目屋頹田荒，年輕人紛紛遠走他鄉，守在家園的父老，逐漸凋零老去，兒時農村繁忙的情景不復尋覓，甚至想一睹耕牛的芳蹤而不可得。

過去，金門沒有車子，用騾、用馬馱運東西，家家養馬，農村處處馬蹄聲響，而今，何處覓馬蹤？金門參訪大門洞開之後，蜂擁的觀光客，除了讓航空機位一票難求，更使金酒奇貨可居，相信，金門的黃牛肉也是他們的最愛，不遠的一天，牛隻會被趕盡殺絕；腳踏實地，默默耕耘的「耕牛精神」，將在我們這個島上消失。

摯友們有先見之明，戒之在先，看來，我還猶豫什麼呢？

一九九三年六月二十七日

官大，學問大？

唸國中時，有一位退役軍人轉任的美術老師，講過一個北洋軍閥張大帥「官大學問大」的故事，三十幾年來，其情節一直縈繞腦際，時時引以惕勵自勉。

話說民國初年，女子籃球風潮吹進北京，好奇的觀眾人山人海，消息傳進北洋軍閥張大帥的耳裡，自然也想開開眼界！

有一天，曹副官特別安排大帥到一所女子中學，獨自觀賞籃球賽，十個女球員分成兩邊捉對厮殺，雙方搶球、爭球，互不相讓，其間跳投空心球應聲入網，或過人切入擦板得分，妳來我往，精彩萬分！

只是，球賽開打不久，張大帥突然暴跳如雷，指著曹副官臭罵一頓：「十個人爭打一個球，幹嘛那麼辛苦？俺一個人買一個讓她們打，不就得了！」

的確，民國初年張大帥「官大學問大」是很可笑，然而，類似的情形，戰地政務時期屢見不鮮。當年，司令官一句話就是法律，全島軍民人人遵行，例如有人騎摩托車肇事，因而宣佈機車管制進口，父與子、兄和弟，不可輪流共用一部車，因此，一張機車牌照曾飆價五萬元，傳為笑談！

事實上，自以為是的老大心態，乃人之本性，自古已然，於今不改！特別是身有一官半職的人，常常「腳踏馬屎傍官氣」，為展現其威風凜凜，眼中往往沒有別人的存在，想要幹什麼，自認「只要我喜歡，沒有什麼不可以」，笑話油然而生！

所謂「聞道有先後，術業有專攻！」這些年來，個人曾為人兄、為人父，時時引張大帥「官大學問大」的故事，叮嚀自己平時要多讀書、多看報，以增廣見聞，才不會孤陋寡聞鬧笑話；而且，凡事都有遊戲規則，該遵守的，就不能打破；如今，忝為小小的幹部，言行尤加戒慎恐懼，真怕稍個不留神，亦將淪為笑柄！

二〇〇三年一月二十日

每次下筆

曾經，有朋友問我：你們幹新聞工作常寫稿，駕輕就熟，寫一篇「浯江夜話」專欄，是不是像吃豆腐一樣簡單！

其實，每次輪到繳稿，總是搜索枯腸、折騰半日無以下筆，除因才疏學淺，肚子裡沒有墨水之外，更重要的，每次下筆總不自覺地想起一位作家的名言：「小時候撿到一根粉筆，敢在牆上寫字；長大後給一根粉筆，還敢在牆上寫字嗎？」

的確，每次為繳稿交差，都先要問問自己，所寫的主題新不新鮮？內容有沒有人願看，讀者會不會看到題目，即嗤之以鼻不屑一顧？何況，「浯江夜話」具有三十餘年悠久傳統歷史，那是許多前輩打造的「金字招牌」；同時，也是關心金門這塊土地的讀者、作者和編者對話的平台，豈能亂寫？

記得二十幾年前剛進報社時，報社還是軍民一家，「正氣中華報」和金門日報兩報一體，社長及主要幹部全是軍人。有一天，報社社論大概是轉載自國內黨政軍大報，題目是「祝賀卡特當選美國總統」，一位軍人少校編輯曾不諱言地指出，儘管那篇社論寫得字字擲地有聲，足以振聾發聵，可惜，美國總統卡特又不看金門日報，恐有失意義！

其實，當年加入新聞工作行列，一路走來亦師亦友的編輯主任「風衣」先生，念茲在茲殷殷教誨，一再叮嚀金門日報是地方性的報紙，下筆撰述報導，或文稿審核取捨，刊載的內容以浯島與浯民為主，才能發揮特色賣點。

事實上，一份地方性的刊物，如果刊登與當地民眾毫無切身關係的文稿，有誰要看？若空談人生大道理，或八股說教、以及人云亦云炒冷飯，報紙是商品，有誰願花錢受罪？何況，滿街書刊雜誌，應有盡有，篇篇是專家學者嘔心泣血的傑作，我們能寫得比人家好嗎？

所謂「文章千古事，得失寸心知！」報紙發行無遠弗屆，筆下每一字、每一句，都得對讀者負責，也要為自己負責，寫得愈久，每次下筆顧慮更多，再也不敢像小孩撿起粉筆在牆上亂畫！

二〇〇三年一月十四日

高處不勝寒

昔日，農村普遍貧窮，金門遭逢兩岸軍事對峙，烽火連天，炮火下民不聊生。小時候，很多同學唸到小學畢業，還買不起鞋子，經常打赤腳上學，我就是其中之一。特別是學校在三公里外的鎮上，途中橫亙一片海灘，漲潮時，只得繞道而行，逢退潮可以跣足涉水抄近路，一路上可捉沙蟹、拾貝殼，不亦樂乎！

說真的，當時打著赤腳涉水上學，冬季一雙腳凍得通紅，有時結成凍瘡，走起路痛得一拐一拐的，但似乎也不覺得寒冷；及長，唸高中時，寒暑假打工賺學費，幫人扛網下海捕魚，常常是天未亮即起床，摸黑下海，在泥灘中佈網，雖然天寒水凍，但扛著笨重的魚網，在泥灘行走至為賣力，每每氣喘如牛，全身熱烘烘地，汗水偷偷在內衣裡流竄，一點也不覺得冷！

出了學校，在醫院裡謀得助理員的差事，擔任地區血絲蟲病防治工作，夜間十時起赴各村里實施採血檢驗，凌晨才收工。當時，大夥兒乘坐軍方支援的中型吉普車，往來奔馳在中央公路，冷風像刀子般刮在臉龐，可是，大家習以為常，反而齊聲高唱「長白山上」，讓嘹亮地歌聲響徹夜空，驅走心頭的寒意！

轉職報社之後，泰半的時間上夜班，成功崗地處高勢，海邊風大，每天看完大樣走出新訊樓，迎面冷風撲面，冰寒刺骨！以前，戰地政務時期，上大夜班每晚還有十五元夜點費，大家湊合煮一鍋湯麵，下班回家前充飢禦寒，其「熱」融融。雖然，當時普遍騎摩托車上、下班，卻依然風雨無阻！

而今，不僅夜點費取消了，編採同仁忙了一整天弄出來的報紙，明天早上「依規定」還得自掏腰包花六塊錢買回來看——看有沒有寫錯、編錯，以及今天接下來的編採工作怎麼延續。儘管，時轉勢移，同仁都開車上、下班，一路上身體能躲過風寒，可是，心裡卻忍不住吟唱起水調歌頭「高處不勝寒」的詞句！

二〇〇二年十二月二十四日

四兩筊仔愛除

幾年前，已屆適婚年齡的妹妹突然問我，有兩個男生對她很有意思，其中一位是在台北開業醫生的獨子；另一位是彰化鄉下的大農戶，工專畢業，兩者人才品貌相當，家庭環境迥異，面臨「男怕選錯行、女怕嫁錯郎」的抉擇，希望我幫忙指點迷津！

老實說，我有四個弟弟，僅有一個妹妹。小時候，鄰居婦婆就常抱著妹妹：「五兄扛一妹，要嫁無金箍也鳳冠！」讚許妹妹有五位兄長，將來出嫁時，哥哥致贈的「添妝」金飾，足以打造金箍或鳳冠！

事實上，妹妹在家裡似寶貝，兄長疼惜自然不在話下，而妹妹也很敬重兄長，諸如婚姻大事，也徵詢兄長的意見。因此，妹妹的疑惑，我心中已有定見：咱們是離島鄉下人，不是什麼金枝玉葉，先秤秤自己的斤兩，「四兩筊仔愛除」，醫生的兒子就甭考慮了，審慎選擇那位農家子弟。

其實，妹妹已屆適婚年齡，所認識的兩個男朋友，我皆緣慳一面，驟下結論，未免太過武斷，但是，好歹比妹妹年長十五歲，多看過一些人間冷暖。畢竟，許多豪門紈褲子弟，大都玩世不恭，鮮少能敬業樂群，特別是仗著家裡有錢有勢，易染酒色財氣追歡買笑，換妻如換鞋，與其冒著半途被甩的風險，倒不如找個平實可靠的青年，只要品行端正、勤儉向上，農家子弟又何妨？

妹妹接受我的建議，選擇嫁作農婦，原本「嫁著做穡尪，三餐蹽灶坑」，只是，大農戶全採機械化耕作收割，不但甭下田幫忙，小倆口還能到都市電子公司上班，偶而假日返家，公婆像招待訪客似的疼惜。因此，每次帶一對小外甥回娘家，暗自慶幸當初的建議沒有凸槌！

有一首打油詩：「三尺郎君七尺妻，親嘴還需架雲梯，夜來並臥鴛鴦枕，湊得頭齊腳不齊！」誠然，人生的舞臺，自己是生、旦、淨、末、丑，扮演什麼角色，速配最重要，踰越分寸總是不妥！

二〇〇二年十二月十日

註：古時秤蚵、魚等水產的器皿，以竹皮編製，約為四兩重，凡秤物得先扣除四兩，所以，「四兩篼仔愛除」成為金門的俗諺。

為一塊錢罰站

前幾天，台省有一名「九二一地震」災戶的高中女生，因欠繳三千多元學費，被學校依校規記過處分，引起社會大眾的關懷與教育部長的震怒！

讀這樣的新聞，除了寄於無限的同情，也倍覺感同身受。因為，個人唸小學時，就曾因欠繳一塊錢的「建校基金」，常被老師叫上講台罰站，雖事隔三十餘年，那情那景，至今依然歷歷在目，沒齒難忘！

記得民國五十年，我進入「金沙中心」就讀，校舍即鎮公所舊址，屋瓦低矮的教室，不但老舊不堪，更容不下一千多名學生，低年級只能上半天、或二節課；由於剛歷經「八二三砲戰」，大敵當前，百廢待舉，沒有經費蓋新校舍，地方上人士發起成立「建校基金」，每學期每位學生發給一張二十格的認捐卡，規定每週節省一塊錢糖果零用金，繳給級任導師，在認捐卡上蓋圈圈入帳。

然而，當時農村普遍貧窮，我們家孩子多，又無田產，房舍毀於砲火，只靠父親種一塊錢三斤的青菜、和母親剝一斤一塊五毛錢的海蚵，每學期註冊學雜費才十幾塊錢，都得四處告貸，白上衣用美援麵粉袋縫製，胸前或背後，常出現「中美合作」的字樣，而黃卡其褲子，屁股常有二個補錠，腳穿的萬里鞋，每每穿到腳趾外露、鞋底磨光了都捨不得丟棄。總歸一句話，在炮火下，窮到三餐不繼、衣不蔽體，生存都成問題，何來糖果零用金節餘？所以，直到小學畢業前，班上很多同學和我一樣，常因欠繳一塊錢「建校基金」，被叫到講臺上罰站！

所幸，當時村郊有個靶場，部隊打完靶後，能挖到一些子彈頭，除了可以換冰棒或麥牙糖解饞，也可以直接賣錢，用以繳交「建校基金」。因此，雖曾常欠繳被罰站，但每學期二十格的認捐卡，最後都能順利蓋滿圈圈。

這些年來，每當路過金沙車站旁，目睹嶄新的母校新校舍，童年的往事又浮現腦際，特別是常為欠繳一塊錢被罰站的情景，總是揮之不去！

二〇〇三年十二月三日

螞蟻和駱駝

十幾年前，台灣經濟起飛，股票隨便買、不要賣，獲利是以十、或百倍計算，不只科技新貴都成了億萬富翁，許多搭上便車的菜籃族，也人人眉開眼笑發大財，「台灣錢淹腳目」因而蜚聲國際！

同樣的，隨著經濟起飛，房地產飆漲，不只地主、建商成了暴發戶，市井小民追著工地跑，只要能搶到預售屋，轉手之間獲利豐盈，再不然，坐收房租繳房貸，靠房價飆漲就成大富翁！

因此，有辦法的人，以手中的股票、權狀向銀行抵押，借貸現金炒股票、炒房地產，用錢賺錢、讓錢滾錢，日進斗金財源廣進；而一般市井小民，則以會養會、以屋養屋，或向證金公司融資，跟著發財的魔音起舞，於是，人與人見面談股票、比房地產，投機炒作蔚為全民運動！

豈料，台灣海島型的淺碟經濟，隨著世界景氣下滑、恐怖主義盛行，以及國內「統獨之爭」加劇，經濟景氣從高峰急轉直下，瞬間成泡沫幻影，很多人警覺性不足，手中的股票、權狀非但來不及脫手，還高檔套牢；更糟的是有人擴大信用融資，加碼槓桿操作，竟慘遭斷頭出場，多年來的金錢數字遊戲，擁有的紙上富貴，傾刻間化為烏有，倒閉、跳票、跳樓事件層出不窮！

畢竟，每個人的能力不同，就像螞蟻和駱駝，負載能力有別。一隻螞蟻身小力薄，只能搬動微毫的食物，懂得通力合作，一群螞蟻能搬走比身體大好幾十倍的蟑螂，卻不會被壓死；而駱駝身強力壯，能背負重物橫渡沙漠，可是，若無節制，仍有壓垮駱駝的最後一根稻草！

所謂「寧走千步遠，不走一步險！」處在全球不景氣風暴之中，凡事應量力而為，嚴格風險控管，身邊的閒錢，最好作「三分法」風險控管，即保持三分之一現金儲存，以備不時之需；三分之一投資有價證券，容易變現；另三分之一投資不動產，千萬不要把雞蛋統統放在一個籃子裡，以防「天有不測風雲」，尤其，切忌輕率投資，更不可涉足投機，才能保平安！

二〇〇二年十一月二十六日

最怕人嚇人

民國六十四年，我在醫院當助理員，常與一位老工友搭配值日，曾聽他訴說醫院的奇聞軼事，包括太平間前常有冤死鬼夜哭，描述得異常恐怖，令人毛骨悚然！

雖然，太平間就在辦公室的後方，唯中間還隔著一座防空洞、和曬衣場，因與自己業務不相關，平日很少去那裡，也沒有多加掛心。

有一天，課長發給我一件胸前繡著「金門地圖」的藍色夾克，那是前面離職人員所移交，顯得有點舊和髒，於是，趕緊用洗衣粉浸泡、洗淨，拿到辦公室窗外的曬衣場晾曬。豈料，下班前竟忘了收回，直到深夜就寢才猛然想起，暗忖那是「公發品」，萬一不小心搞丟了，將來需繳回怎麼辦，於是，立即起身去尋找。

午夜時分，屋外一片漆黑，冷風咻咻作響，太平間前顯得異常陰森，令人不寒而慄！我循著防空洞的矮牆，摸黑來到曬衣場。突然，耳邊傳來一陣呻吟聲，立即歇腳聆聽，不一會兒，又一陣更刺耳的呻吟聲劃破夜空，大腿不由自主地顫抖起來，本想拔腿回頭跑，卻怎麼也跑不動，整個人癱軟在那兒。然而，自衛的本能，像民防演訓站夜哨，發覺狀況問口令：

——那一個？

——是……我……啦！

是男人的回聲！於是，我續下第二道口令：

——幹什麼？

——抓……鬼……啦！

天呀！原來是醫院裡那個喜歡喝酒的老工友，獨自趴在水溝邊嘔吐，趕忙把他扶起，送回寢室休息。

我被嚇出一身冷汗，幸好，當時腿軟沒有跑離現場，否則，太平間冤死鬼夜哭的傳聞，準又多一個見證人。因此，這些年來，每當再聽到有人活見鬼，說得神氣活現，可是，看在我的眼裡，自覺那應是捕風捉影，內心依然非常篤定：鬼，不會嚇死人；人嚇人，才會嚇死人！

二〇〇二年十一月十九日

民主自由真可貴！

金庸武俠小說「鹿鼎記」，開宗明義寫著一隊清兵手執刀槍，押著七輛囚車，頂著風雪北行；囚車分別監禁書生和白髮蒼蒼的老翁，以及懷抱嬰兒的少婦，他們因「明書輯略」一書事涉謀叛，遭到滿門抄斬、押赴刑場！

從前，封建帝制社會，天子視庶民如草芥，凡對朝廷不敬，「君要臣死，臣不得不死！」始作俑者應是周厲王，只要有人叨叨私語，即認定在非議朝廷，犯者殺無赦；秦滅六國，始皇焚書坑儒，迫害異議分子；漢武帝更絕，儘管反對者沒有出聲，只是嘴唇動了動，便裁定是「腹誹」，罪無可逭。明成祖朱元璋當過和尚和盜賊，誰膽敢行文有「僧」和「賊」及諧音，即在射影皇帝，準要人頭落地。滿清入關，大興文字獄，動輒滿門抄斬，株連九族，康熙、雍正、乾隆三朝即有七、八十件案例。至於大陸文革時期，凡對知識分子不滿現實，被打成「臭老九」下放、勞改，自然不在話下。

事實上，清廷為維護滿洲貴族統治地位，壓制漢族士子反清復明，乃厲行思想統制，任何叛逆行為和言論均加以取締、鎮壓。雍正時，江西考官查嗣庭出試題為「維民所止」，被指係「雍正」二字去首，遭戮屍滅族；乾隆時胡中藻「一把心腸論濁清」的文句，和徐駿

「清風不識字，何必亂翻書」、「明朝期振翮，一舉去清都」，與沈德潛「奪朱非正色，異種也稱王」的詩句，均被定為大逆不道，株連九族，滿門無辜人頭落地，平添冤魂！

歷史是一面鏡子！雖然，一代君王威權顯赫，箝制言論、控制思想，是贏得權利慾望，卻也博得千古罵名！幸好，咱們生在今日民主社會，總統經人民選舉產生，人民就是頭家，可以著書立說暢所欲言，也可以公開批評總統，在在都享憲法言論自由之保障，或許，這就是民主自由的可貴！

二〇〇三年二月二十六日

若有所悟

廿幾年前剛進報社的時候，編輯主任風衣的辦公桌上正中央，壓著一張「權勢固然可畏，義理不可不爭！」的座右銘，用毛筆寫的，字跡蒼勁有力，言簡意賅，令人銘刻心版！

幾年後，有幸承蒙主任提攜入行擔任新聞編輯，他曾多次叮嚀做新聞守門人，應善盡社會責任，一輩子要堅持信守的，就是「不畏強權脅迫，維護公理正義」，因而時時奉為圭臬，旦夕不敢或忘！

然而，主任的辦公桌上，同時還有另一則「不要與小人為敵，小人自有他的敵人！」的座右銘，其中的含意，乍看恰與前面那則背道而馳，彷彿是一個執干戈以衛社稷的勇士，和一個慈悲為懷的出家人站在一起，顯得極不搭調，令人百思不解！

說真的，儘管主任「望之儼然，即之也溫！」表面上，他對工作非常執著，嚴肅而不苟言笑，但親近時，卻是溫文儒雅、風趣橫生。雖曾追隨在身邊多年，報版上的疑惑都敢當面請益，唯獨不敢問他「小人的敵人在那裡？」

後來，主任病痛纏身，心中存在的疑惑益加不敢啟齒，直至他「蒙主寵召」，仍未找到答案，而時在憾中！尤其，每當看到社會上諸多不公不義，投機取巧者得意春風，沒有人敢挺身而出，姑息足以養奸，以致「黃鐘毀地、瓦釜雷鳴」的事屢見不鮮！

幸好，年逾不惑，回首前塵往事，驚覺一些逢迎拍馬、醉心權利追逐者，雖曾在人生的跑道上贏得一時，卻因不知充實自我，仍沈迷杯觥交錯，不但自己喝壞身體，且「大狗爬牆，小狗看樣」，孩子疏於管教成「歹囝」，輟學在外流浪，還淪為偷兒上了新聞媒體，真是「收之東隅，失之桑榆」！相反地，一些腳踏實地，默默做事而吃暗虧者，卻是夫妻恩愛、子女功課頂呱呱考取醫學系，家庭和樂美滿，他們才是真正的贏家！

我終於若有所悟，原來，人生的旅程，真的「不要與小人為敵，小人自有他的敵人！」因為，為人處事投機取巧的小人，他的敵人，不是別人，正是他自己！

二〇〇三年二月二十一日

新春祈願

和往年一樣，春節期間連續假期，報社仍排班輪值，維持天天出刊，只有副刊的「浯江夜話」暫時歇息幾天。開春輪值筆，首次和讀者見面，依習俗元宵節前都還算過新年，仍要誠摯向大家拜年，祝福羊年新春愉快，「羊羊」得意！

過去，新春歲首開筆，個人總會馨香默禱，祈求新願。而今，年盡又逢新歲月，也就不能免俗地再次默禱新願，作為今後努力的方向！而今年的新願，有別於以往，僅僅是祈望報社能永續經營，同仁能繼續為金門文化工作盡一份心力，如此而已！

因為，屈指一算，今年的農曆新年，是個人跨進報社的第廿八個新年，已在成功崗上，渡過一萬多個風雨晨昏，從青春少年的小夥子，已不知不覺步入雙鬢飛白的屆退「老賊」。只是，不因即將告老返鄉，而懷憂喪志，反而深深覺得一輩子的青春歲月在報社，與同仁相處的時光比家人還多，擁有一份「血濃於水」的深情，因而熱愛報社之情，與時日俱增！

然而，當前電子媒體興起，現場直播聲光效果極具臨場感，且快速無遠弗屆，已嚴重壓縮傳統平面媒體生存空間，國內許多報刊不堪虧損相繼停刊。如今，黨政軍退出媒體的呼聲日熾，金門日報屬官方性質的定位問題浮上檯面，如何突破難關，著實是不容等閒視之的課題！

當然，「形勢是客觀的，操之在人」，倘若廣電法完成修正，黨政軍應退出媒體，「官報」會不會受到衝擊，尚待觀察？而「力量是主觀的，操之在我」，一個營利單位唯有營運有盈餘，才能生存；而一份報紙唯有「有看頭」，才能有訂戶、有廣告。因此，際此新春歲首，但願大家要有危機意識，自立自強面對挑戰，只有立於不敗之地，才能永續經營！

二〇〇三年二月十四日

偷呷，愛懂得擦嘴！

最近，有一個「新瑞都」弊案，在台灣政壇掀起波濤巨浪，案情像滾雪球一般，被爆料點名涉案人愈來愈多，簡直讓人看傻了眼！

的確，這件政商勾結炒作土地的金錢遊戲，之所以會引爆成弊案，原因在於「人心不足蛇吞象」！涉案人個個位高權重、富可敵國，卻吃相難看，才成社會新聞焦點！

其實，見利忘義，貪婪且不知足，仍人之本性，自古已然！畢竟，世界上沒有一個政客滿足自己的權勢，停止權利爭奪；也沒有一個富翁，滿足自己的財富，而停止聚財。因此，無分達官顯貴、或販夫走卒，在每一個階層裡，都有人在暗地裡偷雞摸狗；幸運者，沒有被揭露事實真相，可以暫時逍遙法外；反之，不幸東窗事發，足以身敗名裂，或身繫囹圄吃牢飯，焉能不小心謹慎？

從前，金門還是農業社會，沒有電、更沒有冰箱冷藏設施，有一農戶殺了豬，鮮肉吃不完，僱傭騎馬分送給出嫁遠村的女兒，深怕途中被揩油，因此，在鮮肉包裏偷偷放了一張字條，上面寫著：「寄肉有四塊、入門隨時找，恐驚貪心人，大塊變小塊」。

果然，受僱運送者中途下馬歇息，忍不住偷偷打開包裹，發現是四塊鮮肉，而且，還有一張字條，於是，他將其中一塊肉切成四份，重寫一張紙條：「寄肉四小塊，落鹽落淡淡，入門隨時吃，恐怕生蟲子」！

當然，偷雞摸狗、暗損揩油，既是不道德的行為，更是法所難容。倘若是發生在公務人員身上，尚可依「貪污治罪條例」懲處，不但刑責很重，而且，足以身敗名裂！

金門有一句俗諺：「錢銀有地賺，名聲無地買！」而且，還有一句：「偷呷，也要懂得擦嘴！」換言之，那件政商勾結炒作土地的金錢遊戲，本不該發生，因為，那一伙人個個位高權重、富可敵國，理應將取之社會的財富、多多回饋社會，存善積德，福蔭子孫，豈能不知足貪婪斂財？且是政商勾結大剌剌的集體炒作土地，吃相太難看，怪不得案情經媒體引爆，在台灣政壇掀起波濤巨浪，像滾雪球一般擴大，讓人看傻了眼！

二〇〇二年十二月十七日

站起來！

民國六十五年奉派台北實習半年，結訓後大伙兒到西門町集合聚餐，準備搭夜車南下高雄等船回金門，由於時間許可，決定進「麗聲大歌廳」開開眼界；曾現場聽過「月亮歌后」李佩菁唱招牌歌曲，曼妙的旋律和聲光效果，博得滿堂掌聲，觀眾無不讚嘆值回票價！

不久之後，旋即傳出李佩菁因脊椎病發，不幸手術失敗癱瘓，可能終身要坐輪椅，「我愛月亮」原唱恐成絕響！最起碼，以後唱歌恐無法再隨旋律曼舞，令歌迷不勝噓唏，大嘆人生無常！

當然，這些年來，偶爾也可以在電視上，看到李佩菁坐在輪椅上唱歌，但那韻味簡直不可同日而語，徒增無限感傷。然而，經過不斷復健，毅志力戰勝病魔，日前，李佩菁終於又站起來，穿著鐵鞋跨出一小步；透過電視畫面，我們清楚地看到，她終於勇敢地站起來，踏出廿四年來的一小步，令人感動不已！

是的！人生的旅途，自然界的風、雨、雷、電，可以把人擊倒；毒蛇、猛獸，也可以把人吞噬；甚至，人類的明槍暗箭，都隨時奇襲奪命。但是，在物競天擇，優生劣敗，適者生存的環境中，最怕的就是倒下去、爬不起來，為時代洪流淹沒，化作灰飛煙滅！

事實上，李佩菁咬緊牙根，全力復健，二十幾年來受盡痛苦折磨，並未被病魔打倒，最後終於勇敢地再站起來，並跨出一小步，帶給社會大眾的激勵，或許比諸在舞台上唱「我愛月亮」，將獲得更多的掌聲！

日前，台北市公開招考一百八十七名儲備清潔工，吸引近六千多人報考，只中不乏大學畢業生，透過電視畫面，背砂包衝刺的考生，由於求勝心切，很多人跌得四腳朝天，實在叫人不忍。更因粥少僧多，每趟測試跑第一名者，並不一定會錄取，而中途跌倒者，希望更渺茫，可見，現實的社會，競爭是多麼的無情。然而，人生的旅程，不能怕跌倒，怕的是自暴自棄喪失下一次機會，李佩菁重新站起來的故事，應是最好的詮釋！

二〇〇二年十一月十二日

多一分堅持

高中畢業那年，考上陸軍官校，適逢軍校正期班改制為終身職，由於身為家中長子，父母極力反對我當一輩子的軍人而作罷。

兩年後，二弟考取空軍官校順利入學，三軍八校入伍新生在鳳山實施聯合訓練，我趁赴台之便去會客，正巧他的「實習連長」，正是我國、高中同班同學，亦是一起報考陸官的同窗，基於人親、土親，也就大膽請他多加照顧，已接受二年黃埔革命洗禮的同學，益加顯得氣宇軒昂、爽朗地滿口答應，我也放心得搭軍艦返回金門！

豈料，農曆新年舍弟放寒假返鄉，一進家門即大吐苦水，怪罪我不該叫「同學」多加照顧，因為，軍中「合理的是訓練，不合理的是磨練！」所謂的特別照顧，就是特別的磨練。基於是鄉親、也是同學的弟弟，所以，常常被出「特別操」，生活細節要求得比別人更嚴格，因此，那八個月入伍新生訓練，讓他受盡折磨，終身難忘！

多年之後，在一次偶然的機會，遇到已從陸官畢業的同學，我很不客氣地當面「興師問罪」，他卻很正經地告訴我：「正因看在同學的份上，才特別操練，就是怕沒有把他帶好，不但丟金門人的臉，也愧對同學之付託！」原來，他個人除了嚴於律己，也恨鐵不成鋼，念在人親土親之情誼，因而比別人多一分堅持，不因私而害公，難怪他軍旅生涯能一路順風，步步高陞順利「摘星」——榮升將軍！

或許，人是感情的動物，礙於情面私心作祟，特別的關係，常產生特別的關照，乃人之常情，實不足以大驚小怪！可是，照顧者應負更多鞭策與督導的責任；而被照顧者，亦應比別人加倍努力，更應謹言慎行，才不致落人口實，引發非議！

以前，我確實錯怪老同學不近情理，可是，隨著年歲增長，每憶當年魯莽的錯怪，備感羞愧與感佩，因為，幸虧他的特別調教，舍弟才能陶鑄成堂堂正正的革命軍人！

二〇〇二年十一月五日

公義流芳

夏興通往成功的斜坡北側，半山坡上有一幢陳氏家廟和幾戶人家，這個稱「小夏興」的村子雖小，卻地靈人傑，歷史源遠流長！

話說小夏興的陳氏家廟，正殿上方懸著「志鏗金石」的聖旨匾額，據說宗祠裡小鳥飛來飛去，就是不敢飛到匾額上，不知好歹者準速地墜落而死，屢試不爽！

根據金門史籍記載：大約距今六百多年的明太祖洪武五年，小夏興人陳顯，殿試登魁，是金門中舉的第一人，故有「開科第一」之稱，曾歷任多處縣令。明成祖為燕王時，極賞識其才能，調入京城掌「書記」。因陳顯深知燕王生性多疑，心存不軌，幾次與其博奕面諫不獲採信，藉病辭官歸隱故里。不久，燕王篡位為成祖，改年號為永樂，特下詔遣使封官加爵，當差使抵寓所，陳顯沐浴更衣，拜接聖旨後自縊身亡。清雍正為表彰堅定志節，特下聖旨追謚「志鏗金石」匾額。

陳顯死後，棺木運回金門，出殯隊伍將抵預葬地，俄而一陣強風，將孝男手中幡旗高高吹起，朝後園村前海邊飛去，眾人皆看傻了眼，只見風水師拚命地追，幡旗終於在一塊巨石旁落下，風水師端詳之後驚叫：「這是蟹窩吉地，比預葬地好太多了，以幡旗落點為準，進前三宰相，退後萬人丁！」

風水師認為：幡旗突然被一陣強風吹到「蟹窩吉地」，應係陳顯顯靈自選墓地，將實情稟報，夫人沈思後決定：「棺木若以幡旗落點退後下葬，雖自家能出三宰相，但權貴遲早成過眼雲煙，倒不如前進一些，子孫萬人丁來得久遠！」因此，遵照夫人的意思點穴準備下葬，然夫人猶恐風水師有違原意，又要求再後退一步，當棺木入穴剎那，忽兒晴空響雷，墓穴後方巨石從中龜裂，風水師見狀驚嘆不妙：「可惜蟹窩已破，雖有萬人丁，但大都外遷！」

這些年來，小夏興日漸沒落，但如陳癸淼、陳鏡潭及陳滄江等都曾回小夏興尋根認祖，核對族譜無誤，同時，也證明海內外子孫早逾萬人丁！但願這則「志鏗金石」，以及公而忘私的先賢故事千古流芳，能帶給不公不義的人們一些啟示！

二〇〇二年十月一日

不要把人看扁

明萬曆年間，金門太武山西麓有一蔡姓人家，自內地請來風水師修祖塋，竟弄巧成拙生得一個殘缺的男丁；而這男丁一生充滿傳奇，正是功業彪炳，曾官拜禦史總督，死後追謚「兵部尚書」的金門先賢蔡復一。

話說蔡復一出生之後，雖身體殘缺眇目、瘸腳、駝背又麻臉，但卻才高八斗、智勇雙全。小時候到鄰村讀書，同學看他眇目獨眼，當面喊他：「打鳥的！」他並不生氣，回曰：「我是一目觀天斗！」也有頑童看他瘸腳走路一拐一拐的，在背後喊：「划船的！」他也不生氣，回曰：「我要孤腳跳龍門！」此外，也有同學笑他麻臉，蔡復一也笑著回答，「那是麻面滿天星！」

甚至，上學途中需經田間小路，頑童看他腿一長一短，無法跳躍，故意將路旁蔓藤拉在一起打結、或將樹枝橫亙路上，讓他去跨越，一個不小心便跌得鼻青眼腫、四腳朝天，頑童不但沒幫忙扶起，反而躲在一旁訕笑；蔡復一非但沒有哭泣，爬起身來不客氣地說：「我要龜蓋朝天子！」小小的年紀，不因身體殘缺自暴自棄，反而胸懷壯志，立下「跳龍門，朝天子」的宏願！

年十九進京殿試，由於行動不便，爬山涉水好不容易才姍姍趕抵考場，被主考官拒於門外，甚至因瘸腳、眇目、駝背和麻臉，被很不屑地喝令滾開；復一表明寒窗苦讀十餘載，不遠千里而來，堅持進場應試。主考官迫於無奈，決定先出題讓他知難而退，經過苦思之後，得意洋洋出了對句上聯：

——溪水流砂粗在後！

主考官暗諷，一粒能流到河口的細砂，是從上游經流水不斷的沖擊琢磨而成，意指遲到在後的考生，是未經歷煉的粗礫。

——風吹穀物糠在先！

復一聽後，不加思索立即對出下聯，意指耕稼人家穀物收成，都要藉風力吹去無用的糟糠，留下者才是有用的果實。

主考官聽後大受感動，立即開門讓他進入考場，果然在殿試「金榜題名」，袍笏加身躋進士林。

其實，喜歡在門縫裡看人，把人看扁，仍是一般人的通病，自古已然，於今不改！看順眼者捧上天；反之，貶抑踐踏在地。或許，這則先賢故事，說明天生我材必有用，人人頭頂一片天，千萬不要輕易把人看「扁」才好！

二〇〇二年九月二十四日

珍惜生命

每次在報刊上看到前社長魯軍的文章，必定仔細品讀，因為，老社長繆綸將軍，自幼飽讀幼學瓊林及四書、五經，是國內赫赫有名的政論家、武俠小說家及專欄作家，尤其，他寫副刊專欄，雖是身邊瑣事信手拈來，卻饒富哲理，發人深省，特別是曾身受教誨，讀來如沐春風，倍感親切與溫馨！

日前，又拜讀他「曉樓隨筆」的專欄——重陽敬老外一章，敘述老長官「許老爹」——許歷農十年前七十歲生日，軍中袍澤齊聚祝壽，大家勸他不必憂時憂事，因為，「人生七十古來稀」，應該多享受安樂晚年。可是，許老爹認為年逾古稀，人生已沒有多餘的時光可浪費，應讓有限的生命活得更有價值，怪不得已邁過八十高壽，仍活得忙碌而認真，「老」字對他來說沒有意義！

事實上，一樣米飼百樣人，不同的造化，有不同的人生觀。

最近，在一次宴會動筷之前舉杯互祝，有人說大家已年逾不惑，能吃，就要盡量吃；能喝，就要盡量喝，「且盡生前一杯酒，何須身後千載名」！言下之意，頗有人生短暫，應及時行樂，讓人油生「鐵甲將軍夜渡官，朝臣待漏五更寒，山寺日高僧未起，算來名利不如閒」之嘆！

然而，我有一位陳姓的文壇前輩，早年失學，憑藉長年自修苦讀，以初一的學歷致力鄉土文學創作，如今已著作等身，先後出版廿六本著作。不久前，喜獲升格當「阿公」，高興之餘，卻也頓悟當了阿公，距「陳公」還會遠嗎？因而更勤於運動和讀書寫作，倍加珍惜生命，自信「人生朝露，藝文千秋」，日子因而過得充實又快樂！

俗諺有云：「人生七十古來少，先除幼年後除老，中間光景無多時，又有閒愁與煩惱，生命短暫彈指間，賢愚終歸埋荒草！」自盤古開天以來，無分尊卑貴賤，沒有人能躲過生死輪迴，因此，只要一息尚存，活著就該朝理想目標邁進，讓生命回歸塵土之前，散發光與熱，才不枉此生！

二〇〇二年十月二十九日

閒話一二三

從前，古老的中國人們以農為生，躬耕自食，終年辛勞還得靠天吃飯，最大的夢想是「吃一、睏二、做工作三」！

的確，早期傳統農事耕作，用牛拉犁翻土播種、徒手除草、肩挑水肥，靠的是人手和體力，每到農忙季節，無不全家總動員，從晨曦初露忙到黃昏夕照，甚至披星戴月通宵達旦，如果老天肯垂憐風調雨順、六畜興旺，還能償給一口飯吃；倘若不幸遇到天災蟲害，收成不好，一家人只好忍飢挨餓。

因此，農村窮苦耕稼人家，追求的不是高樓洋房，也不是汽車珠寶，正是「吃一、睏二、做工作三！」因為，有食物，最好是一個人吃，才可吃得飽；睡覺，要兩個人睡，相互取暖，才可免於著涼受凍；而做工作，所謂的「人多，情理直！」同樣一件事，愈多的人手共同來做、一起來出力，絕對比較輕鬆愉快！

其實，人們「好吃懶做」的心態，自古已然，根深蒂固，絕對不是窮苦耕稼人家獨有的專利。君不見，放眼當今社會，教育普及，民生樂利，只要肯努力打拚，鮮少有忍飢挨餓的情事發生。然而，可悲的是，很多人不知足，常常「呷碗內，看碗外」，頭殼削尖尖到處鑽營謀權求官，看到好處「整碗捧去」獨享，吃相難看得令人作嘔，笑罵由人亦在所不惜！諸如退休年已八十好幾的老人，曾經呼風喚雨權傾一時，享盡榮華富貴猶不知足，明明是垂垂老矣，仍醉心權勢追逐，比諸終年辛勞，只夢想一身溫飽「吃一、睏二、做工作三」的窮苦農人，其貪婪的心態，醜陋何止千百倍！

時至今日，功利主義盛行，人們好逸惡勞、爭名逐利，已成了一般人的通病，大家見怪不怪！因此，每當看到有人吃相難看，便想起昔日農民求溫飽的三個夢想，藉以自我惕勵，如此而已！

二〇〇一年十二月八日

我們在寫歷史！

最近，地區部份鄉鎮正緊鑼密鼓編纂鄉誌或鎮誌，金沙鎮就是其中之一。

前些日，任教於金門高職的楊天厚老師，陪同任教於金湖國中的夫人林麗寬，到社區做學生家庭訪問，順道光臨寒舍喫茶敘舊，談及受邀參與編纂金沙鎮誌事宜，基於同樣來自金沙，「君自故鄉來，應知故鄉事」，因此，聊起來備感親切！

的確，楊天厚和林麗寬老師賢伉儷，兩人夫唱婦隨，長年默默從事文史工作，深入鄉間作俗諺採擷、及鄉土文獻蒐羅，用筆和鏡頭詳細記錄，經有系統整理，已先後出版十餘冊相關書籍，傳承浯島民俗采風，備受各界高度肯定！此番獲聘編纂鎮誌，自然不遑多讓，真為母鎮深慶得人！

此外，言談之間，亦得知楊老師承接鎮誌編纂之初，資料付諸闕如，僅靠從金門日報合訂本影印摘錄，將相關訊息涓滴串連起來。換言之，金門自唐朝陳淵開疆牧馬以來，島上雖人文薈萃、科甲連登，明清兩代先後出了四十三位進士、一百三十幾位舉人，但屬於地方的人文活動，卻欠缺記載，幸金門日報天天在寫歷史，否則，鎮民的近代人文史頁將是一片空白！

然而，聽楊老師一席談，忝為報社的一分子，內心憂喜參半。喜的是何其有幸，也曾共同為浯島寫歷史，那是何等榮幸？可是，卻也感到無限的惶恐，因為，過去是否曾怠惰疏忽，遺漏鄉親走過的足跡，將愧對吾土吾民！

事實上，金門日報自創社以來，包含其前身的正氣中華報，是自民國三十八年隨國軍撤退來金，已走過五十幾個年頭，其間天天出報，就連「八二三砲戰」島上彈落如雨，亦未曾中斷出刊，每天記載軍民走過的足跡，如今透過合訂本，幸能尋回片段編纂成誌！

所謂「不知者不罪！」過去，報社同仁只知傳遞最新消息，忽略還肩負寫歷史的重任！如今，恍然徹悟，今後當與同仁攜手互勉，希望不漏消息，以不辱使命！

二〇〇二年十二月二十二日

準備過苦日子

經濟不景氣，失業率不斷攀升，大學畢業生七成二找不到工作，中小學生愈來愈多沒錢吃營養午餐、孕婦缺錢產檢去搶劫、軍官偷炸藥炸提款機，到處是跳樓、偷竊和詐騙事件層出不窮，甚至，燒炭、跳樓、帶著子女自殺的新聞、屢見不鮮，令人怵目驚心！

不可否認，國內經濟自「停建核四」風波之後，加諸統獨爭戰日熾，不僅外省族群爭相賣屋拋股，把資金抽離台灣，中小企業為尋找市場和提升競爭力，相繼出走「登陸」設廠，不但資金外流、人才和技術也跟著出走，把舊廠債務留在台灣，也把老員工失業的問題留給政府去傷腦筋！

當然，很多上班族和以前一樣，每天兢兢業業努力工作，可是，先前辛苦打拚的成果，可能投資股票或房地產，市值大幅縮水，面臨貧窮的危機。換言之，很多人一輩子的辛勞，如今不但化為烏有，可能還面臨裁員失業的恐懼！

其實，大環境使然，台灣投資環境因環保、工安及勞工薪資問題逐漸惡化，已失去投資誘因，加諸政策反覆不定，不但令資本家疑慮相繼撤資，而且，上游工廠走了，下游相關衛星工廠不得不跟著外移，惡性循環的結果，工廠不想關門的被迫歇業，勞工想打拚的根本求職無門！

三年前，上海人看到台胞，直覺是帶錢去投資的，哈腰打揖備受禮遇。去年，上海人看到台胞，普遍認為是去觀光的，還算客氣歡迎。而今年以來，上海人再看到台胞，冷漠而不屑一顧，在他們眼中，已被認定是去找工作的「台勞」！所謂「風水輪流轉，十年河東、十年河西」，誰敢料想到，才短短三年之間，兩岸經濟環境起了重大變化，實有天壤之別，怎不令人喟嘆？

或許，前經濟部長林信義真是高瞻遠矚，兩年前提醒國人準備過苦日子，被罵唱衰台灣，誰知一語成讖，大家已過了兩年苦哈哈的日子。如今，股市慘跌，一幢二十坪的房子只法拍十四萬，貧窮風暴來襲，苦日子像漫漫黑夜籠罩，還見不到一絲曙光，大家宜節衣縮食，要有長期抗戰的準備！

二〇〇二年十月八日

近視與老花

最近，我們家多了兩付眼鏡，一付是近視眼，另一付是老花眼！

當然，這年頭戴眼鏡不稀奇，滿街觸目可及，小學生四分之一、大學生更是十之八九，一點也不值得大驚小怪。畢竟，除了近視的、老花的，都需要配戴眼鏡，除此之外，一些愛漂亮的姑娘小姐，或眼睛小想遮醜的人，都喜歡戴有色的太陽眼鏡，形式多、花樣俏，不勝枚舉！甚而有人喜歡戴隱形眼鏡，讓烏溜溜的大眼睛，依然會說話迷人！

話說去年，孩子參加基測上了高中，整個暑假沒有功課壓力，整天「櫻櫻美代子」在家飆網路；開學後某日，我去金中大禮堂參加講習，無意間瞥見孩子戴著眼鏡，剎那間，心頭彷彿挨了一記悶棍，因為，自覺孩子近視偷偷配了眼鏡，當老爸的竟還被蒙在鼓裡！

回憶兒時，個人喜愛文學，常躲在被窩裡看小說，可是，視力一直維持最佳的狀態，高中畢業時還符合官校正期班體檢，是很多同學欣羨的對象。所以，孩子出生後，尤其是他的老媽長期為戴眼鏡所苦，特別關心孩子的視力保健，不但注重室內照明燈光、更注重生活飲食營養，目的就是希望保持良好的視力。

然而，長期的關心，敵不過一時的疏忽，只得帶他上眼科診所，仔細檢查，重新配鏡，正式承認他加入眼鏡一族。

再者，或許個人因長期上夜班，近年來，每次坐上編輯桌，總是不自覺地把稿件推遠一點，才能看得更清楚，自知那是老花眼的徵兆，於是，我也進了眼科診所，經儀器鑑定得知假性老花，醫生建議先點藥水觀察，雖有改善，但有時看稿還是倍感吃力，因此，決定配付老花眼鏡，讓自己也成了「四眼田雞」。

如今，家裡突然多了兩付眼鏡，老子是老花眼、兒子的近視眼；幸好，經醫師矯正後都能看清楚世物，雖然父子同時成了「四眼田雞」，但拜光學鏡片之賜，總算不至於「蚩頭嶹面」，也算是不幸中之大幸了！

二〇〇二年九月十七日

人呆是保

電子網路興起，郵購隨之風行，只要曾用郵撥買過物品，家裡的電話鈴聲，即三不五時響個不停，令人應接不暇。原來，郵購業和保險業可能是同屬一個企業、或是互通款曲，洩漏客戶基本資料所致！

雖然，保險業務員個個訓練有素，禮貌週到，但個人素來對保險推銷員不具好感！理由很簡單，保險業以業績掛帥，有許多同學或親友，入行之後，穿著光鮮亮麗，拿著傲人頭銜的名片登門拜訪，三天兩頭纏著買保險，開口、閉口罹重病、得絕症，或出意外有個三長二短，健健康康的身體、平平安安的生活，聽來怪刺耳的，頗有不勝其擾之慨！

再者，保險公司看準年輕人求職心切，廣開大門，來者不拒，對求職者先封個「業務經理」的頭銜，分派出去拉保險，以業績決定薪水。於是，初入行者都以親人或同學為對象當業績，特別是很多家長為了兒子的工作，不惜先投保，再到處張羅拉人頭。然而，往後沒有親朋好友可拉了，業績直線下降，因而領不到薪水，只好自動辭職走人，留下已簽約納保的親友，月月為繳保費發愁！

其實，這種行銷伎倆只是一種高明的騙術，可以說是另類的老鼠會，一批業務員上當走人，又有另一批求職者上門，循環不息。因此，長期以來，對上門或電話拉保險者，統統採取三不政策——「不聽、不看、不信」，除了沒有興趣，更重要的，接月領薪，何來閒錢？

當然，投資理財，是現代人不能或缺的課題，特別是零利率時代來臨，投保可節稅，可是，去年日本有好幾家大保險公司倒閉，目前，受經濟不景氣的衝擊，國內七成五的保險業呈現營運虧損，換言之，一家不賺錢的企業，自已生存都成問題，又能保誰？

中國文字含意博大精深，許多象形字造得很奇妙，讓人一目了然，會心微笑，正如人呆是保，只有傻瓜才替人作保；而今，被保似乎也不見得聰明，不是嗎？

二〇〇二年九月十日

與鬼同眠

民國六十四年，也是高中畢業那一年，經過公開甄試，我在「金門縣立衛生院附屬醫院」謀得一份助理員的差事，加入行政院衛生署補助「金門地區血絲蟲病五年防治計劃」工作行列，跟隨陽明醫學院范秉真教授每天到鄉下捉蚊子、捕孑孓，夜間則巡迴各村裏實施採血檢驗作業。

上班的第一天，完成報到手續之後，由於員工宿舍客滿，臨時被帶去安置在工友值日室，那是舊急診室的病房，還留有四張病床，供作救護車司機和抬傷患工友值夜睡覺的地方。

時值寒冬，頭一晚隨隊到鄉下採血，回到醫院已是凌晨時分，司機和工友早已入睡。我不敢開燈，躡手躡腳地摸黑鑽進棉被裡，可是，躺進被窩裡，一陣陣莫名的寒意襲上心頭，冷得直打哆嗦，好不容易才闔眼入夢，卻清楚地看到一個長髮披肩，身穿白衣的女子，滿身濕漉漉的躺在旁邊，哭訴著她不幸的際遇，最後一躍跳入湖中，我在「澎通」水聲中驚醒，頓覺一身冰冰的冷汗！

第一天上班，人生地不熟，我不敢把所作的夢告訴任何人。隔天晚上，適逢單號，所謂的「單打雙不打」——日曆上的單號夜晚，國、共雙方隔著金廈海峽互打宣傳彈，因此，每逢單號晚上，我們依例停止夜間採血工作，隨時準備躲防空洞保住性命。因此，當晚提早進入寢室，聽值班老工友談「八二三砲戰」期間抬傷患的陳年往事，細數著舊病房和老病床的種種奇聞怪事，但見他說得手足舞蹈，不經意間，突然指著我睡的那張床，說曾死過一個後沙村投水的小姐，長髮披肩，穿著一身白衣服，漂亮得像天仙。

雖然，老工友一陣嘆氣惋惜之後，仍滔滔不絕地訴說醫院的奇聞往事。可是，我已聽不清楚他在說些什麼，因為，早已被嚇得目瞪口呆，久久說不出話來！

畢竟，醫院宿舍已沒有床位，加諸金門仍處戰地政務時期，夜間實施宵禁，也沒有交通工具通勤，只得硬著頭皮繼續睡下去。幸好，第二天晚上臨睡前，我口中唸唸有詞，表明員工宿舍客滿，只是暫時借宿，情非得已！結果，往後的一年多，我不曾再作過類似的夢，平平安安地睡到離職。

或許，我相信，天地之間存有鬼神；但是，我更相信，只要平時不做虧心事，實在也沒有什麼好懼怕的。

二〇〇二年九月三日

智觀見識

父母親出生在日據時代，沒有機會上學讀書，靠耕作過生活。雖然，他們大字認不得幾個的，但常常叮嚀我們：「出門觀山勢，入門觀人意！」為人處事，要懂得「智觀見識」——聰明的察言觀色！

當時，幼小的心靈不懂其中奧妙，只能領略耕稼人家要注意天候；如果遠處天邊出現層層橫雲，就象徵颱風的腳步近了，該搶收作物，做好防颱準備；如果晴朗天氣，雲端衝過對岸鴻漸山頭，表示快下西北雨了，曬穀場上的五穀雜糧，趕快收入甕中，免得被雨水沖走前功盡棄。

再者，不論回家面對爺爺奶奶、叔伯和兄弟姊妹，或到別人家裡作客，務必先察言觀色，看看他們臉上的喜、怒、哀、樂，才能開口講得體的話，做討人喜歡的事。總歸一句話，「好漢不吃眼前虧」，要做聰明人，莫做傻裡傻氣的蠢蛋！

的確，在那個年代，窮鄉僻壤沒有電，更沒有報紙和電視機，無從知道外面的世界發生什麼事，也沒有氣象預報資訊。換言之，過去沒有氣象報告，農民最耽心受怕的，就是「天有不測風雲」，因為，一年四季春耕、夏耘、秋收、冬藏，在在都與天候息息相關。甚至，

「人有旦夕禍福」，平日身家性命安危，也繫乎於對天候的觀察判斷、與累積經驗，父以教子、兄以教弟，代代傳承。

其實，古往今來，不獨市井草民討生活需要「智觀見識」，官場中人更需要「遛遛呷目睭」，懂得善用智慧幫主子解決問題，最忌蜚短流長搬弄同僚是非，徒增困擾，何況，刀口兩邊鋒，砍了別人，倘若不小心，也可能會傷了自己。

最近，電視頻道再次播映大陸製作的「康熙傳奇」大戲，劇中皇帝小生張國立夫婦演技自然不在話下，值得一提的是，小太監「三德子」，朝夕在皇帝身邊，雖文功武略兼備，然「伴君如伴虎」，還能處處機靈體察主子心意，護衛萬歲爺安全，言行恰如其分，難怪演來集集扣人心弦，令人拍案叫絕！

二〇〇二年九月三日

我也搖頭

暑假期間，青少年沈迷派對狂歡，警方擴大查緝搖頭丸，連很多知名藝人也進了勒戒所。而我，年近耳順，華髮飛白，早已遠離織夢歲月，最近卻也常常情不自禁地搖頭！

說真的，現代人生活之中，離不開電視，也離不開報紙。特別是幹新聞工作，更需要「家事、國事、天下事；事事關心」，每天要細看各家報紙，瞭解同業處理方式，掌握輿論脈動，更要時時盯著電視和網路即時新聞，注意社會動態。

然而，再好吃的人間美味，餐餐吃也會形同嚼蠟！何況，每天打開電視或報紙，儘是血淋淋的災難、車禍、凶殺、跳樓等等，令人不忍卒睹的畫面，以及親屬哭斷肝腸叫人鼻酸的鏡頭。再不然，就是政客口水大戰或桃色緋聞，戲碼日日翻新，主角輪番上陣，如立委被小鬼「蟬」身，公然拋妻別子抱「二奶」雙宿雙飛，不但歹戲拖棚，串成一齣演不完的連續劇，簡直讓人看不下去。

再者，藝人嗑藥趕時髦，無非藉機打知名度，竟也成媒體轉播車追逐的對象；更令人作嘔的是有人蓄意搞怪，到法院舉抗議牌搶鏡頭、在總統府前放狗、在中正機場放老鼠和打架。尤其，六個女兒爭財產告母親，以及高中女生誘姦國小男童等不堪入目的畫面，亦鉅細靡遺呈現在觀眾面前，那樣的傳播媒體，何止是「教歹囝仔大小」而已！

其實，市井小民圖一己之私胡鬧，民代為選票作秀，在在都情猶可原，但居廟堂之上者也為爽戲言，蓄意撕裂族群意識，引起人心恐慌，造成股匯市慘跌，資金及人才外流，失業問題惡化，學童沒錢吃午餐，全民卻瘋狂簽樂透，立院「三寶」胡言亂語等等，電視和報紙每天一再出現讓人食不下嚥的畫面，雖年近耳順，華髮飛白，早已遠離織夢歲月，卻不用吃搖頭丸，也常情不自禁地搖頭！

二〇〇二年八月二十七日

黑鬼與碳工

又是鬼月，讓我想起童年聽長輩講過一個被黑鬼打到，卻怪罪挖煤炭工的故事！

話說從前，有一個村子經常鬧鬼，膽小者捕風捉影，好事者加油添醋，到處鬼影幢幢，飄忽不定，民心膽顫，惶惶不可終日。於是，鄉老提議設醮酬神，邀請高僧頌經和道士作法，希望普渡亡靈，撫慰孤魂野鬼，祈求合境平安，人畜興旺！

於是，擇定良辰吉時，村內設壇連續作醮三天，高僧誦經超薦、道士施展法力，可惜，每當夜幕低垂，村子裡依舊鬼影幢幢，繪聲繪影。因此，不信邪的人號召壯丁巡邏守夜，有一天傍晚，一個晚歸的挖煤炭工人路過，壯丁見黑影逐漸逼近，大家蜂擁而上，棍棒齊飛，打得炭工皮開肉綻，頭破血流，倒地呻吟不已。

炭工被亂棍打得遍體鱗傷之後，事情鬧進官府，經查原來是挖煤炭的工人一身黑，被誤認就是黑鬼，才會引來一場無妄之災，對簿公堂。

事實上，人世間，有沒有鬼神，至今還沒有科學定論，倒是人類文明之後，無分達官顯貴，或販夫走卒，很多人心中都有鬼，只是賢愚有別，有人私下問神、卜卦，祈求神靈庇佑；有人則憑空想像，責東怪西，平添笑料。

其實，生活之中，人與人之間，也常常發生類似的情況，打個比方來說吧！有人可能因生活不檢點，或不公不義被人在留言板指桑罵槐戲弄，因為言論自由、網路虛擬世界，加諸寬頻採浮動「艾披」，甚或是在網咖張貼，兇手是誰無從查起。因此，被影射者真如被「黑鬼」打到，遇到這碼子事，切莫自己對號入座，最好是「有則改之，無則自勉」，忍一步海闊天空，事情很快會隨風而逝；倘若沈不住氣去追查、或憑空臆測，隨便抓個涉嫌的「炭工」抵罪，那麼，在沒有充分證據下冤枉好人，搞不好挨告之外，還讓真兇在逍遙偷笑，那才真的不值得！

二〇〇二年八月二十一日

怨天不尤人

升國中那年，欣逢開辦延長九年國民義務教育，國內師資奇缺，特別是金門孤懸海島，正值烽火漫天，「單打雙不打」的砲宣彈滿天飛，鮮少人願冒生命危險，搭廿幾個小時的登陸艦乘風破浪來金門任教。

因此，當時學校的老師，畢業於師範學院的寥寥可數，大都由五專、三專的畢業生暫代，暑假再到台灣補修教育學分。此外，也有不少隨政府撤退來台的退伍軍人，他們來自大江南北，上起課來南腔、北調，或吳儂軟語，什麼口音都有，有時，老師在講台上講得口沫橫飛，台下的學生仿如鴨子聽雷，常常是有聽沒有懂！

甚至，英、數、理化等科常常找不到老師，只好央求「金防部」調派軍官代課，也因此，穿軍服的老師在校園穿梭，或站在講台上課，一點也不值得大驚小怪！甚至某一個學科，一學期課程歷經陸、海、空三軍輪流授課，那是家常便飯，不足為奇！

事實上，當年有幸直升國中的學生，大都是民國三十八年國軍自大陸撤退起，以及民國四十四年之前出生者；由於當時正值兵荒馬亂，生命沒有保障，很多孩子出生後，養了好幾歲才報戶口；也很多國小畢業沒考上初中賦閑在家，能幸運免試直升國中重回學校讀書，大好機會豈甘錯過，因此，曾有從台灣新來的女老師，剛剛從五專畢業，正好十八姑娘一朵花，而班上好幾個同學已成年，形成「囝仔教大人」的有趣畫面，大家見怪不怪！

如今，教育普及，滿街大學畢業生找不到工作，以這次國小教師甄選，粥少僧多，幾百個考生爭逐個位數的名額，其中，包括很多是從台灣跨海而來。換言之，比起從前，今天的學生真是太幸福了，擁有這麼好的教育環境，除了為他們感到高興，不由得慨嘆生不逢時，但是，人生際遇，萬般皆是命，只能怨天，豈能尤人？

二〇〇二年八月八日

莫讓愛心成絕響

日前，台省有一患先天性骨骼發育不全的「玻璃娃娃」學童，班上有一位同學基於愛心與善念，每天義務背負他上、下樓梯；豈料，在一個下雨天，不慎滑了一跤，兩人同時後仰倒地，背後的「玻璃娃娃」頭顱觸地受傷死亡，家屬不滿提告索賠，由於事證非常明確，法官依法判決「過失致人於死」有罪，附帶需賠償新台幣三百多萬元，新聞上了媒體，正是所謂的「有功無償，打破要賠」！

讀這樣的新聞，不由得想起剛剛當新聞編輯時，老前輩曾告誡：夜間下班回家的路上，遇交通事故不能自行營救，趕緊打電話報案，由警方處理，免得惹禍上身！因為，曾有人路見車禍，適時伸援手，將傷患送醫急救挽回一命，可是，家屬不但沒有感恩圖報，還誣指為肇禍的兇手，真是好心沒好報！

或許，幹報紙新聞編輯，每天深夜看完大樣回家，「路寬車輛絕，萬徑人煙滅」，開了十幾年夜車，是曾有一次目睹小客車撞路樹，停車察看之後，但見扭曲變形的車內，有好幾個年輕人血肉模糊，痛苦哀號，發覺情況太嚴重了，已非自己一個人能力所能救援，只得飛車回家打電話向警方報案。幸好，近年來路燈明如晝，且警方大力取締酒後駕車，因此，夜間交通事故大幅減少，否則，真不知臨陣是否還會想起老前輩的告誡！

當然，「玻璃娃娃」無法自行上下樓，家屬也放任不管，但終究沒有委託同學代勞。如今不幸的事情發生了，其家屬責怪的，正是肇事的同學錯在「自不量力的愛心」，畢竟，如果不是他背負，他的兒子絕對不會摔死。而法官也認同，只看到背負上樓摔死這一段，並沒有看到先前幾百次小心翼翼的義務幫忙，所謂的「有功無償，打破要賠！」情何以堪？然只能自怪「狗拿耗子，多管閒事」，才會自食惡果！

幸好，好心沒好報，只是箇中異數，才會引起社會大眾的高度關注。畢竟，法官可以不講情，但社會不能沒有是非，人是有血性、有良知的群居動物，媒體更負有規範人心、導引人性向善的責任，報導事實真象，正希望讓輿論作公評，藉以喚醒社會大眾能繼續扶助弱小、見義勇為，才不會讓愛心成絕響！

二〇〇二年八月一日

機會教育

放暑假了，孩子趕上「行萬里路、勝讀萬卷書」的旅遊熱潮，準備搭機到台灣，再轉機去歐州。

我送他到尚義機場，完成報到劃位，排隊準備進入候機室，但見通關門前有位婦人手拿一袋物品，不停地央人幫忙帶進去，有人視若無睹，也有人猛搖頭拒絕，只有小犬兒禁不住婦人拜託，準備伸手去接物品袋，回頭看了我一眼，卻若有所悟地趕緊將物品袋還給婦人。

當然，「助人為快樂之本！」平常，我要求孩子：幫助別人，等於幫助自己；給別人方便，就是給自己方便。然而，在機場、碼頭幫人帶行李通關，雖只是舉手之勞，但是，這個忙絕對不能隨便幫，尤其是面對陌生人，更應小心謹慎。

因為，航空安檢滴水不漏，倘若那個物品袋被查出藏毒或違禁品，屆時婦人和裡面接應的人不認帳，代誌可就大條囉！不久前，有一位台籍女學生遊大陸，在機場幫人攜帶行李通關，被查出藏毒，遭判處死刑！雖然，在台親友緊急請相關單位出具良民證營救，生死仍在未定之天，就是活生生的案例！

其實，助人的方法不同，效果是一樣的。因此，當犬兒把物品袋還給婦人之後，我立即告訴她，隨身行李忘了帶進去，應找航空公司人員幫忙，果然，事情迎刃而解。事實上，幫人帶物品通關，雖是舉手之勞的小事，但是，「天可度、地可量，唯有人心不可防」，萬一不幸被有心人利用惹禍上身，豈不是太冤枉了嗎？

的確，這年頭社會存在各種陷阱，詐騙案件層出不窮，孩子學習成長過程，諸如幫人帶物品通關可能觸法惹禍上身，這種案例在課本中絕對學不到，因此，為人父母在平日生活之中，應時時給予機會教育，讓孩子體驗「有所為，也有所不為」，養成能冷靜動腦筋解決問題，不要被人牽著鼻子走，才能立足於社會！

二〇〇二年七月二十六日

本末不分

唸高中時，學校實施留級制，一年級十班新生，升二年級時，連續好幾年都留級三班，特別是英、數兩科，讓很多學生吃足苦頭，成為留級蹲班的元兇，甚至有人高一唸了三年，還不見得過關！

如今，實施多元入學和學分制，已沒有留級生，考不及格科目可花錢買鐘點補修，除非科科被當，休學重讀比補修更划算，才有人形同留級蹲班！

當然，要拿學分不難，升級也很容易，加諸國內大學林立，升學易如反掌，於是，讀書風氣日漸式微，學生程度普遍降低，有位高中老師就不諱言地指出，現在的學生程度，若以當年留級標準，一年級十班新生，至少要留級五班。也有職校教官很感慨說，軍訓考填充題，有人考卷上只有自己的姓名見國字，其他空格若非留白，就是用注音填寫，而且，像鬼畫符一般，要一字字去猜！

事實上，當前九年國教基制，屆齡學童強迫入學，違者家長按日罰鍰，可是，孩子進了學校，就算所有學科都不及格，總平均是個位數，照樣能升級；就算行為偏失被記很多大過，依然不會被開除學籍。反正，學生進入學校，不想唸書或調皮搗蛋，老師只能用「愛的教育」，不能體罰，也不能打罵，因此，有人一路升學唸完二專，只拿到一張國小畢業證書，因為，唸完國中拿不到畢業證書，可持同等學歷證明登記唸高職、唸完三年高職拿不到畢業證書，也沒關係，學店式的私立二專到處都有，歡迎登記就讀。

誠然，想唸書的孩子，懂得自動自發，不必家長操心；而不想唸書的孩子，強行填鴨惡補也枉然，畢竟，當前教育體制下，移植自美式的教改，放任後段班學生自我放逐，似乎不能完全適應國情，如今，學生的國語文程度早已江河日下，考試委員又倡議廢考國文，反而令國小學童開始學英語，長此以往，我們後代的子孫，恐怕要「本末不分」了！

二〇〇二年七月十九日

書讀佇胛脊

小時候，我們兄弟之中若行為偏失、或不諳事理竅門，爺爺一定會責備「書讀佇胛脊」！然後，再三諄諄教誨，要我們讀有用的書，才能做有用的人。

木有本、水有源，追本溯源，先祖本是對岸泉州府東門外東坑鄉的望族，書香門第、叔侄進士；明朝末年，因兵燹避難浯島，耕讀傳家，爺爺辭世時，還留下一箱手抄本線裝書，也許，在那個教育不普及的年代，爺爺能讀書識字，滿腦子儒家道統思想，才會對兒孫的言行要求特別嚴格。

其實，當時尚唸小學階段，每次被爺爺責備「書讀佇胛脊」，既不懂其中涵意，也不敢問原由，總覺得大概是課本放在書包裡背在身後，偷懶不拿出來讀，反正，就是因為不用功讀書才會挨罵。唸高中時，白髮蒼蒼的爺爺永遠離開我們，心中的疑惑仍找不到答案。

踏入社會之後，才驚覺真的「萬般皆下品，唯有讀書高」，因為，讀書拚升學，不管唸那個科系，最終的目的都只為了賺錢。而社會的價值觀，衡量一個人的成就，往往取決於財富的多寡，於是，「利益擺中央，道義放兩旁」，人們為爭名逐利，為達目的不擇手段，或心橫手辣、或卑躬曲膝，無怪乎社會到處充斥暴戾之氣，瀰漫著馬屁文化！

所謂的「讀聖賢書，所為何事？」如果書讀得越多，教育程度越高的人，只是為更懂得如何掠奪名利與財富，而無視於公平正義的存在，厚顏而無恥、笑罵由人；果真如此，這樣的讀書人，充其量也只是一個「讀聖賢書的賊」而已！

當然，絕大多數的人讀聖賢書，因而明是非、辨善惡，更能擁有一分悲天憫人的胸襟；然而，環顧今日地區公務界，確實有少部份人，書讀得愈多，愈不懂得孝順父母、友愛兄弟，上班領薪只顧讀書考試，以單位的電腦寫作業，雖能更上一層樓取得文憑，但學歷愈高，愈自命不凡，更加的自私自利，拔一毛而利天下的事都不為，倘若書讀到這般境地，正是所謂的「書讀佇胛脊」，雖不中，亦不遠矣！

二〇〇二年七月十四日

樂透？輸透！

日前，一位旅台做小生意的鄉親，大嘆台灣居大不易，特別是政府開辦樂透彩之後，小老百姓想賺錢養家，更加困難重重！

的確，以前不管開店經商營利，或擺路邊攤討生活，只要貨真價實、童叟無欺，腳踏實地將本求利，就算沒有財源廣進，養家餬口絕對不成問題，可是，今天景氣蕭條到想賣命，每天早起、晚睡工作十八小時，想多賺一塊錢，都十分的不容易！

因為，原本市場有一套資金在流動，比方說，上班族領薪生活要買菜，菜販賺了錢會去買衣服，賣衣服的賺了錢會買魚、肉，依此類推，一套資金在流動循環生生不息，產生相乘作用活絡市場，大家因而有錢賺、有飯吃。

可是，自從政府做莊發行「樂透彩」之後，很多人夢想一夕致富，口袋裡的零用錢，原本要吃一碗牛肉麵，為了成千萬富翁，不惜勒緊褲帶，改買麵包果腹，把省下的五十元去簽一注，可以「一券在手，希望無窮！」因為，大家都有發財夢，所以彩券投注站前，經常大排長龍，每期吸走十幾億元，一個月就從市場吸走百億元，而這套活絡市場的資金被吸光，以致許多商家門可羅雀，大家沒有收入，因而更加節儉不輕易消費，惡性循環的結果，市場日漸蕭條，經濟衰退，股市、房市跟著走跌，大家財富縮水，生活愈來愈困難！

其實，賭博的歷史源遠流長，特別是國人賭性堅強，除了麻將、天九、撲克牌之外，大家樂、六合彩、職棒、賽鴿等等，什麼都可以賭，但都是私下偷偷摸摸，而今，政府為廣拓財源及照顧弱勢族群，開辦「樂透」，作莊供全民公開賭博，恐怕會傷了整體經濟，全民「輸透」！

所謂「十賭九輸！」何況，中樂透彩的機率，比被雷打到還低，但願有發財夢的人，偶而投注玩玩即可，千萬不要著迷才好！

二〇〇二年七月九日

瞄準目標

年輕時，躬逢「國、共」台海軍事對峙，金門與大陸一水之隔，隨時可能再爆發戰爭，因而實施「戰地政務」全民皆兵，男女青年年滿十六歲，即強制加入民防自衛隊，雖然不是正式當兵，但配發槍枝和迷彩股，經常要接受軍事訓練或參加全島演習。

甚至，唸高中時，正逢我國以「漢賊不兩立」退出聯合國，兩岸敵對關係空前緊張，學校幾乎只上半天課，無分男、女學生，整個下午全副武裝打野外，進行伍攻擊、班攻擊及排攻擊等實兵操練，除此之外，也常常上靶場實彈射擊。換言之，當時，我們一面上課讀書，一面當沒有薪餉的民防隊保鄉衛國！

或許，長年生長在敵人的砲火下，雖只是民防自衛隊員，卻早已陶鑄滿腔熱血，隨時準備上戰場「拋頭顱、灑熱血」，因而勤練五項戰技，特別是把握射擊三大要領：「看不到不打、瞄不準不打、打不到不打」，所以，很多人練就彈無虛發的本領，一上靶場就打滿分的神槍手！

其實，不只是射擊時要瞄準目標，生活上有很多事，同樣是要抓住方向，譬如打籃球，先要瞄準籃框，才能出手；譬如打棒球，更要瞄準來球，才能揮棒，否則，不但不能應聲入網得分，甚至會被三振出局！

同樣的，寫文章投稿，也要先看看文章屬性，再投給適合的刊物，要不然，盲目亂投，可能成籃外空心，不是被退稿，就是被丟進垃圾桶，白白枉費心力！日前，個人連續接獲鄉籍旅台研究生投稿，文筆才華洋溢，字字鏗鏘有力，可惜卻陷入「兩國論」的迷思，文中處處以「台灣國」自居，而且聲明文稿不得刪減。然而，此時此刻，我們的國家是中華民國，面對類似來稿，不管內容多麼精彩，都得忍痛割愛，因為，作者顯然沒有掌握射擊三大要領，沒有瞄準目標投錯籃框了，不是嗎？

二〇〇二年七月二日

也是社會責任

常常看聯合報、民生報和經濟日報的讀者，一定很喜歡看「季青」的時事漫畫，而這位當前國內家喻戶曉的漫畫家，正是道道地地的金門人！非常難得的是，當他成名之後，仍不忘本，時時以家鄉金門這塊土地為念，一直延用當初在「金門日報」開始作畫的筆名。

想當年，「季青」在唸金門高中時，就展露出繪畫的天份，作品投寄到報社，雖然，火候還有待加強，可是，編輯主任「風衣」決定以最重要的第二版刊登，目的只有一個：報社負有培植鄉土文藝人才的社會責任，該給他鼓勵、該給他機會！

或許，有了發表園地，「季青」愈畫愈起勁，筆法愈來愈熟練，作品常常見諸報端，廣獲讀者的喜愛。升上大學繼續深造之後，獲膺任在國內大報系作畫，生動的時事漫畫常擺在頭版，成為重要的賣點，因為，一幅漫畫雖只是簡單幾筆鉤勒，然筆筆鏤刻社會時弊，抒發市井小民的心聲，含意深遠，每每讓讀者看後發出會心微笑或拍案叫絕！

當然，「季青」有今天傲人的成就，為金門鄉親爭光，一切的榮譽應屬他不斷努力換來的成果，金門日報只是同感與有榮焉，不敢、也不能居功，畢竟，只是曾經盡了一點社會責任而已！

其實，這些年來，報社副刊版面提供文藝寫作發表園地，很多人從「小學生園地」寫起，經「中學生園地」一路成長至「浯江副刊」，因而培育出難以計數的文藝作家，他們在國內文壇叱吒風雲、嶄露頭角。同樣的，報社仍不敢居功，也只是曾盡了一份社會責任！

所謂「前人種樹，後人乘涼！」金門日報在炮火下成長、茁壯，前輩用血用汗奠定基石，如今吾等接下薪火傳承的棒子，自當本諸善盡培養鄉土文藝人才的社會責任，對於每株有志寫作的幼苗，都應給予更多成長的機會，我們祈望有朝一日，浯江子民能獲得「諾貝爾文學獎」，為金門人爭光！

二〇〇二年六月二十四日

善盡社會責任

有人問我，新聞人員如何善盡社會責任？簡單舉個例來說說看吧！

話說民國八十一年，金門結束近四十年的「戰地政務」軍管，大門正式對外開放，不僅觀光客蜂擁而至，各種產品推銷員，也摩肩接踵而來。其中，賣大蒜精的台商，率先在大街小巷鼓起如簧之舌，大吹大擂吃後能有病治病、無病強身，凡是到場參加說明會者，均可免費試吃產品，且無論有沒有掏錢購買，皆獲贈送洗衣粉、塑膠臉盆等紀念品，在「有呷擱有掠」等情況下，每場產品說明會，觀眾皆爆滿座無虛席。

據說，現場免費提供的試吃品，可能摻有類固醇，很多鄉親吃後全身酸痛全消，生龍活虎精神百倍，村夫村婦口耳相傳神奇療效，人人奉為「萬靈仙丹」，爭先花大把鈔票購買！

報社記者深入採訪報導，編輯以特大號標題「大蒜精不是萬靈仙丹！呼籲鄉親身體有病痛應看醫生，不可誤信偏方！」新聞見報當晚，那夥街頭賣大蒜精的台商，大概是自認金門人真是好騙好哄，短短半個月就進帳一千多萬，因而到報社「抗議」，表示報紙新聞這麼一登，害他們生意作不下去了。

當時，聽他們說明來意之後，我即請教他們的公司寶號，再指著報紙詢問有寫到他們公司寶號嗎？但見他們面面相覷無言以對，緊接著，我再次表明站在新聞媒體立場，報導事實真像是我們應盡的社會責任，至於大蒜精是健康食品，卻在街頭公開宣揚醫療藥效，絕對是犯法行為。斯時，帶隊的立即起身扮笑臉打斷我的話，坦承在台灣只要被拍照取締，一次罰款三十萬元。換言之，他們自知踢到鐵板了，報社已是點到為止手下留情，再不趕快告饒，被揭露事實真象，代誌就大條囉！果然，隔天即不見他們在街頭賣「仙丹」了！

這件塵封的往事，十多年後之所以再被提出來，只是說明一件事，報紙負有「明是非、辨善惡」維護公理正義之社會責任，特別是攸關大眾權益，更應「不為利誘、不為勢劫」嚴守立場和原則，或許，這就是新聞人員最起碼的要求！

二〇〇二年六月十六日

關心本土

時間過得真快，重新兼編「言論廣場」版，轉眼已又一年了！

和以前一樣，個人仍堅持金門日報是地方性報刊，這塊可供公開投書的園地，擇稿以和金門的人、事、地、物有關的議題為優先；換句話說，凡是和金門風馬牛不相及的來稿，雖是國家大政方針，或是國內熱門新聞話題，也可能忍痛割愛！

說實在話，每週見報一次的「言論廣場」版，只能容納五千字各方意見，版面非常珍貴，真希望所刊登的每一句話、每一篇文稿都對鄉親有所助益、對金門未來發展有所幫助，因此，內容距離鄉親很遙遠的文稿，雖然寫得很好，礙於版面造成遺珠之憾，實是情非得已，也只有請作者海涵了！

雖然，目前來稿按字計酬，可是，稿源不足仍是最大的困擾，因為縣府網路「留言板」興起，寫好建言滑鼠一按即可貼上去與讀者見面，也不必具真實姓名，可天馬行空放言高論、或無的放矢暗箭傷人，那怕錯字連篇也是「只要我喜歡，沒有什麼不可以」，反正，網路虛擬世界，可以暢所欲言，被影射的對象如果要自己對號入座，那是他家的事，反正並未指名道姓，要構成誹謗罪並不容易，難怪深受路見不平者或雞婆一族喜愛。再說，這年頭人與人之間很冷漠，大家自掃門前雪，不管他人瓦上霜，何況，金門就這麼一丁點大，沒人願自找麻煩？

所謂「巧婦難為無米之炊」，這段期間，蒙各方賜稿支持，幸未「開天窗」，特別是關心教育的「老朽」，曾作系列性探討地區教育問題，引起廣泛的迴響與讚賞，很多人想認識「老朽」，也很多人在打探猜測作者是何方神聖，只是，來稿只要註明以筆名發表，報社即有絕對的義務和責任保密到底，因此，竭誠歡迎關心金門的朋友來稿，一起為這塊土地提供建言！

二〇〇二年六月八日

回首來時路

小時候，迷上看文藝小說；及長，也漸漸熱衷投稿寫作。

民國八十一年以前，金門還在軍管時期，對外形同封閉，不僅閒雜人不能輕易出入，甚至，連公開發行的金門日報，對外仍屬管制發行，旅台二十餘萬鄉親也不能訂閱，因此，每次上台北和文友聚會，大家總思索著如何讓旅台鄉親獲知金門訊息，因而弄出了一份「金門報導」，靠參與者自掏腰包和鄉親小額贊助，免費供台、金兩地鄉親索閱。

當初，只希望捎些故鄉消息，特別是針對在台出生的第二代鄉親，介紹浯島風土民情及歷史傳奇故事，期盼維繫鄉心鄉情，讓更多人共同關心金門這塊土地。經過幾番籌劃，個人亦分別以不同的筆名，撰寫新聞、評論與風土民情的相關專題報導，首期發刊之後，廣獲台金鄉親爭相索閱，發行數量節節高升！

有一天，報社編輯主任「風衣」看了某期「金門報導」後，讚許一個民間自發性刊物，沒有經費也能辦得叫好叫座，而感嘆報社培養不出那樣的人才。當時，在一旁的副刊主編聽後笑稱：「這樣的人才就在報社，先前曾奉指示找三個國文程度比較好一點的員工，準備遴選一人培訓當記者，曾把他列名最前，卻被認為是不聽話的偏激份子，首先被除名。」

過去，報社任何新進編輯、記者，一律依慣例先到校對組歷練六個月，嫻熟文稿寫作及報紙出版作業，因此，有一天，我突接獲一紙人令，奉調校對組當實習生，六個月後某夜，編輯主任「風衣」突然把我叫進編輯室，要我坐上編輯桌，交給一疊第二版新聞稿，叮嚀幹編輯當新聞守門人，要善盡社會責任，讓不好的文稿進不來，也出不去！

時光匆匆，當初以一個新聞「門外漢」入行，一晃眼十幾年了，回首來時路，「善盡社會責任」的叮嚀，時時言猶在耳，過去不敢或忘，今後亦將作為繼續努力的方向！

二〇〇二年六月一日

不打自招

五月二十日，金門縣政府和金門縣議會聯合發表聲明，並在報紙上刊登廣告，為總統陳水扁先生就職二週年加油，呼籲實現對金門六大競選主張，其中包括四年內一定要讓「金烈大橋」動工！

而每次看到有關興建「金烈大橋」的報導，個人內心總有幾分愧疚，特別是被形容成「選舉浮橋」——選舉時浮出水面，選後沉入水底，益加羞愧不已！

因為，民國八十一年金門結束軍管，回歸民主憲政常態，依法開辦首任縣長選舉，曾當過鎮長的候選人深夜急電，表示隔天一早要到小金門開辦政見發表會，要我幫忙做份文宣，當時，腦海裡閃過烈嶼交通不便的窘況，於是，決定幫他開出興建「金烈大橋」的競選支票，用粗筆在大、小金地圖劃了一座橋，影印了五百張，交件時被臭罵一頓，說什麼會被當成「肖仔」，經解釋一切為選票，想當選得「語不驚人死不休」，最後文宣才勉為其難發出去了！

豈料，引起「東施效顰」，往後候選人想要小金門的票，都會加上興建金烈大橋的政見，包括兩次總統大選，李登輝和陳水扁也不例外，都信誓旦旦當選後，任內即動工興建，可惜所有的競選承諾都是芭樂票，大選大騙、小選小騙，「金烈大橋」只有每次選前才被提出，成了名副其實的「選舉浮橋」！

前年家岳父突然仙逝，南洋回來二位姪兒送最後一程，返僑居地之前，我陪他倆參訪家鄉名勝古蹟，順便遊烈嶼，就在水頭候船的空檔，但見他倆用攝影機不停攝錄大橋鳥瞰圖，待船到海峽中間，又爬上船頭觀看水文，因為，他們正是「楊忠禮集團」建設部門的海底工程專家，在馬來西亞承建無數島嶼橋樑。據表示，金烈海域暗流湍急，建橋工程十分艱鉅，就算符合效益能順利建造，將來維修費用及安全維護，恐怕也是一個值得考慮問題，換句話說，要建「金烈大橋」，難囉！

誠然，金烈大橋能不能建？會不會建？答案還在未定之天！然而，這張尚未兌現的競選支票，曾經是我一時異想天開代客「捉刀」開出的，如今成了芭樂票，被譏為「選舉浮橋」，內心能不感到羞愧嗎？

二〇〇二年五月二十四日

八哥說人話

對街的屋簷下懸掛著一個鳥籠，店主養了一隻很會講人話的八哥鳥，每天從早到晚聒噪地「媽媽！媽媽！」叫個不停，聲音仿如小女孩那樣的甜美，初次聽到或不知情的人，必會誤為孩子怎會那麼嬌嗔？

事實上，當初店主人的小女孩開始學講話叫媽媽，八哥鳥也在一旁有樣學樣，聲音唯妙唯肖，就常讓人分不出是小女孩的聲音、或是八哥鳥的叫聲，如今，小女孩唸幼稚班去了，不再粘著媽媽撒嬌，只剩八哥鳥還是天天「媽媽！媽媽！」喊個不停。所謂「見怪不怪」，八哥鳥講人話，聽久聽膩了，似乎也就沒有什麼感覺！

可是，有時候聽到八哥鳥不停地喊媽媽，令人很疑惑，因為，不知牠喊的「媽媽」，是把牠關在籠子裡，每天以飼料餵食的「人媽媽」，或是在聲聲呼喚，尋找親生的「母鳥媽媽」？特別是母親節前夕，聽牠不停地喊媽媽，真如聽到一個找不到媽媽的小女孩，在路邊如泣如訴，那樣的哀惋悽愴、那樣的孤獨無助。因此，腦海裡不斷地思索著，如果牠喊的是人媽媽，所謂「生的放一邊，養的功勞卡大天！」鳥兒也懂得感恩圖報，真是了不起呀！如果是為尋找鳥媽媽，希望找回失去的母愛，真情自然流露，怎不令人掬一把同情淚？

的確，每個人都有媽媽，從懷胎十月，一直到哺育、洗尿布，一路辛辛苦苦撫養成人；而每隻小鳥，經過母鳥生蛋、孵化、餵食和清糞便，羽翼豐厚還要教導振翅飛翔，人與鳥為了下一代，所付出的心血實在沒有什麼兩樣，母愛光輝，是何等的偉大！

然而，人類號稱萬物之靈，除了爭權奪利滿足慾望，不管天上飛的、地上爬的，只要能吃下肚，統統抓來滿足口腹之慾，正是「有毛的，吃到鬃簑；無毛的，吃到秤錘；有腳的，吃到樓梯；無腳的，吃到桌櫃！」甚至，為了聽八哥鳥講人話，也抓來關進籠子，硬生生拆散牠們母子親情，那是多麼殘忍呀！

二〇〇二年五月六日

見好就收

十幾年前，民航班機尚未開航，電話不能直撥，也沒有快捷郵件，台、金之間最快的聯絡方式，主要靠「限時專送」信函，因此，遇事常要親自跑台灣，才能當面講清楚、說明白！當時，台北有一家公司的服務台，負責接電話的工讀生來自金門，每次看到我去公司，或許是「君自故鄉來，應知故鄉事」，總不停地詢問家鄉的種種，流露遊子眷戀故土的真情！

時光荏苒，歲月如梭，當年一個清湯掛面，一臉稚氣的高校學生，如今不但已為人妻、為人母，更是一家資本額以億計的公司總經理，值得一提的這番傲人的成就，並非承襲父兄事業，而是工讀生自己努力打拚、和善用智慧理財的結果！

記得當時那家公司有一位年輕的經理，非常善於投資理財，指導同仁買賣股票和操作期貨，因適逢台灣股市加權指數，從一千多點飆漲至萬點，隨便買都大賺特賺，公司上下獲利都以幾百倍計，連工讀生也搭上發財的列車，因自認幸運之神不可能長相左右，決定見好就收獲利了結，把手中的持股全部出清，而且，誓言這輩子不再碰股票，希望把獲利投注在對社會有意義的事業。

的確，股海波濤洶湧，很容易讓人一夕致富，也很容易讓人傾家蕩產，能掌握契機獲利了結「落袋為安」，才能算是贏家；如若貪念執迷不悟，一直在股海殺進、殺出，遲早都難逃滅頂的命運。因為，即使贏得九十九次，只要輸了一回，過去所贏的錢，也可能僅是紙上富貴，到頭來一場空。君不見，多少能呼風喚雨的股市大戶，曾風光一時，結果卻是潦倒一世！

其實，人生旅途何嘗不是如此，若有機會爬上高峰，就該懂得見好就收，特別是為仕之途，更應知所進退，切莫戀棧淪為老賊，擋人出路惹人怨，將英明一時，糊塗一世！十幾年前巧遇負笈他鄉的工讀生，如今有此傲人的成就，除為她感到高興，其定見與執著，以及回饋桑梓的精神，更是年輕人學習的榜樣！

二〇〇二年五月八日

防騙切莫貪

不久前，一位在新市街經營書店的朋友，接獲一通民調電話，問了三個簡單的「小三通」問題，隨即問受訪者姓氏身分、教育程度，最後確認詳細住址後，連聲稱謝即掛斷電話；三天後，朋友即收到一封中獎通知，總獎金三十萬元港幣，相當於一百多萬元新台幣，言明領獎前要繳稅，需先撥電話洽詢贈獎公司的會計師與律師。

當然，朋友經營書店兼賣報紙，每天接觸最新消息，因此，面對天外飛來這筆橫財，直接反應是立即將中獎通知單丟進垃圾桶，懶得再多看它一眼！

無獨有偶，日前，個人也接獲一通徵詢電話，一位自稱是某廠牌汽車總公司的專員，很誠懇希望我幫忙回答幾個問題，因為家中就擁有兩部該廠牌的汽車，也就有問必答，兩三個問題之後，對方更鼓起如簧之舌，介紹起公司新推出休旅車，聲稱公司為感謝產品愛用者，將寄新車型錄及附贈獎品，順口唸出我家地址，緊接著問我的姓名、身分證字號，還要手機號碼，表示方便客戶資料建檔及獎品查詢。

經他這麼一問，個人直覺又是刮刮樂、手機簡訊中獎詐財的翻版，當機反問他公司老闆姓名及金門經銷商名號，但見他支吾半晌答不出來，旋即掛斷電話逃之夭夭。畢竟，天底下怎可能有那麼好的事，接一通電話即能獲得獎品，何況，個人資料豈能輕易給陌生人？

畢竟，歹徒抓住人性貪念的弱點，詐財手法不斷翻新，被騙案件層出不窮，除利用刮刮樂和手機簡訊，很明顯已延伸到電話民調和日常用品傳銷，令人防不勝防，因此，要避免被騙失財，最簡單的方法就是戒之在貪，記住錢不會平白從天上掉下來，個人身分證號碼、銀行帳號等不得輕易給別人，遇任何中獎通知、兒女被綁架或帳戶被盜用等等切莫輕信，特別是不能隨便聽信電話指示持金融卡操作提款機，也不能隨便匯款給陌生人，必要時先向165電話查詢，以免被騙上當！

一九九二年四月三十日

仁義值千金

前些日，金湖鎮代表會召開臨時會，會中有位林姓代表提案大聲疾呼，要求鎮公所儘速清除下莊老人兒童樂園裡的髒與亂，還給社區一個乾淨的生活空間。

當然，諸如此類的建議案，真如綠豆芝麻一般的微不足道，出現在任何議堂，就像丟進池塘裡的一粒小石子，激不起什麼迴響，可是，那樣的建言，所揭發的製造髒亂者，正是林代表的胞兄，意義就顯得非比尋常，尤其，那份大公無私的道德勇氣，更是令人折服！

因為，政府積極改善社區環境，提昇居民生活品質，也獲得地方人士配合與支持，捐款獻地或出錢出力，但再怎麼也沒有像下莊社區那樣，有人撿拾各種廢容器堆放在公園裡栽蔥種菜，試圖以「和平佔有」申辦土地所有權，因種菜施肥澆糞，容器積水滋蚊，成為社區環境的毒瘤，髒和亂擺在村容上，令全體村民蒙羞！

當然，自古以來，「煮豆燃豆萁」就是兄弟相殘的寫照，但是，必需釐清兄弟鬩牆，所爭的不是財產，而是為大眾利益、伸張公理和正義，特別是身為民意代表「為民喉舌」，拋開兒女私情，挺身仗義執言，說得更明白一點，那叫「大義滅親」！

其實，「歹鐘累鼓，歹尪累某！」金門地方真的太小了，「好事不出門，壞事傳千里」，有人聚財不散，雖富甲一方，卻到處撿拾廢棄物堆滿屋裡和屋前、屋後，弄得蚊蠅滋生，鼠輩橫行，不但左鄰右舍叫苦，連同胞兄弟也受累，同為一父母所生，有人專製造社會問題，有人卻在解決問題！

在這個世界上，金銀財寶人人愛，可是，「君子愛財，取之有道！」一個人生活衣食無缺，生活環境乾乾淨淨，身體健康最重要，以今天民生富庶和豐厚的社會福利措施，沒有人會被餓死，貧與富的分界點，在於平日的存善積德，所謂「仁義值千金」，就像金湖鎮代會林代表，敢於為公理正義仗義執言，個人深深覺得他比誰都富有！

二〇〇二年四月二十二日

家有七燕巢

驚蟄過後，大地復甦，冬眠的昆蟲開始繁衍，燕子來了，庭前又見啣泥築巢、輕身曼舞與細語呢喃！

去年，我們家三層樓的屋簷下，共築有六個燕巢，今年仔細一算，又增加了一個，庭前燕巢疊床架屋，好不熱鬧，值得說明的是，並非我們家得天獨厚，燕巢年年增加，而是整條街都一樣，去年還驚動多家電視台和報紙媒體記者連袂作專題報導，「燕巢街」名揚全國！

本來，有人說燕子來庭院築巢，就是有福人家，「既在佛下會，都是有緣人」，何況，燕子捕食蚊蟲，為人類除害是益鳥，不能去傷害牠，因此，庭前燕巢年年增加，曾暗自竊喜，逢人還不忘炫耀一番哩！

然而，今年燕巢又增多破記錄，卻沒有帶來一絲一毫的喜悅，逢人也不敢再多加炫耀，因為，燕子和所有的動物一樣，那裡有食物果腹，便會往那裡跑，換言之，燕子是逐蚊蟲而築巢，並非選擇有福人家而居，被築巢形同在門前貼上一張環境衛生不及格的標籤，至於家有七個燕巢，以及燕巢街，在在都是髒亂的象徵，羞愧都來不及，豈能暗自竊喜？怎敢再逢人炫耀？

原來，社區之所以多燕巢，是因屋後政府斥資整建的老人兒童公園內，有一個廢棄的防空洞，被一位「垃圾婆婆」長期蟠踞，進而到處撿拾盛魚的保麗龍容器，就在公園裡栽蔥種菜，抽取防空洞的積水澆灌；而且，也檢來許多廢棄物，髒亂不堪，其中有許多容器積水，孑孓萬頭鑽動、蚊蠅滋生，才會引來燕群築巢！

當然，公園裡的髒亂由來已久，成為社區環境的毒瘤，令大家臉上無光，環保單位與清潔隊也多次展現公權力，在警方配合下出動大隊人馬清除公園內的髒亂，可惜沒多久「垃圾婆婆」又故技重施，公園內依舊髒亂不堪，儘管家有七個燕巢，燕子是蚊蟲的天敵，能協助消滅病媒蚊，但能遏止登革熱疫情之發生嗎？

二〇〇二年四月六日

感恩與懷念

幾天前，曾是國內首屈一指的中央日報，走過數十個寒暑歲月，因國民黨中央財務吃緊，停止每月補助兩千萬元，將面臨改組轉型，三百多名員工將全部優退，然部份員工仍蘊釀發起抗爭！

因為，當年金門日報籌設彩色印刷廠，就是承蒙中央日報協助規劃和代訓技術人員，如今那些即將面臨失業的員工，正有曾是技術傳承的師傅，情何以堪？除此之外，個人自幼喜歡塗鴨，亦曾忝為「中央副刊」的園丁，因此，面對那樣的新聞畫面，內心油生無限落寞與感傷！

記得是民國六十四年春天，金門日報成立彩色印刷廠，個人獲派赴台實習分色照相，追隨一位曾是老總統貼身侍衛，退役後奉派日本學得先進的彩色分色照相技術，任職於中央日報。本來，以當時電腦尚未發明普及，彩色印刷剛起步，懂得分色照相技術，那是獨門絕技，薪水是一般人的好幾倍，大家搶著要，外出兼差論鐘點，時間即金錢，日進斗金，何況，「一粒麥子掉落地裡，可以衍生無數麥苗」，換句話說，賺錢的技術，沒有人有閒工夫帶學徒輕易教人，為自已製造敵人。

曾經，師傅不只一次表明，若非來自外島戰地金門，就算多給他一份薪水，他也不願輕易傳授技術，的確，其他的學徒，連暗房都不讓他進去一步，更別說讓他操作精密的機器設備、和不勝其煩的解說，因此，很幸運地，短短的五個多月，我們輕易學成技術返回金門。

時光荏苒，歲月如梭，曾經是多少文人墨客夢寐以求的「中央副刊」，每天至少從海內外收到二百五十篇投稿，由五位助理初審，每人各擇優五件交主編審閱，最後約只有五編文稿能見報，可見「中副」多麼受讀者肯定與喜歡，如今，隨著印刷技術精進，電子媒體興起，平面報紙日漸沒落，甚至，連曾首屈一指的大報和備受歡迎的中副文章，也因面臨困境，即將為時代洪濤所淹滅，令人感慨唏噓！

二〇〇二年三月二十九日

相信自我

嬰兒時，我的頭特別大，很多人看了都喜歡摸摸，順便給個「大頭」的小名；曾經，有一個「看命仙」摸過我的頭之後，直誇「頭大面四方」，是個有福之人，能招來四個弟弟。果然鐵口直斷，未卜先知，我真的有四個弟弟，不識字的父母因而很相信命運，遇事都要先到廟裡燒香拜拜，抽支籤、卜個卦，希望能趨吉避凶！

然而，生長在炮火下的窮苦農村，每天看父親挑著又髒又臭的水肥，吆喝著牛拉犁耕田，因而時時叮嚀自己，不要向命運低頭，才能跳脫一生務農的命運。因此，我從不算命、卜卦；有一次走在臺北街頭，騎樓下突然有人拉住我的手：「先生！我幫你算個命！」當我驚覺到是怎麼一回事後，立即告訴他：「對不起！你已經算錯了，我是從不算命的人！」

其實，抽籤、卜卦，並非無知村夫村婦的專利，相反的，人類物質高度文明之後，心靈反而空虛，求神、問卜、換名改運之風更是日漸盛行，連很多達官顯貴亦不能免俗，深信升官晉爵之道，在於「一命、二運、三風水、四積陰德、五讀書」，咸認有沒有才德不重要，只要坐對方位，便能官運亨通，步步高陞！

當然，才不如命，並非始於今日，明成祖一統江山，以各地進貢茗茶良窳封官賜吏，有讀書人不服在牆壁上寫著：「十年寒窗下，不如一壺茶！」成祖皇帝看了提筆補上二句：「他才不如你，你命不如他！」令天下飽讀詩書、滿腹經綸的儒生徒呼負負！

的確，人生的旅途，我只相信自己，從不向命運低頭，然而，處在這「窮算命、富燒香」的年代，或許算命和燒香，也能帶給人們心靈上的一些慰藉，有其存在的價值，至於某些專門喜歡拉女生小手看相之徒，那是「醉翁之意不在酒」，荒誕復可笑，切莫輕信才好！

二〇〇二年三月二十二日

水滸觀後感

小時候，在煤油燈下囫圇吞棗讀借來的「水滸傳」，隨著歲月更迭，至今腦海中那潤水潺潺繞寨門，梁山一百零八條好漢替天行道、救生民的影像，逐漸地模糊褪色，已經快不復記憶了！

幾年前，當我自已有書房時，曾在夜市買回一些磚頭書，卻因馬齒徒增老眼昏花，再看古典章回小說，真是備感吃力，因而每看幾回即又束諸書架，幸好，拜科技昌明之賜，播放一片小小的光碟，也能重溫「水滸」舊夢，特別是透過螢光幕，享受聲光效果，令人彷若身歷其境，尤其沒有廣告插播，一氣呵成連看數集，陶醉其中渾然忘我，真有不亦快哉之舒暢！

的確，水滸大戲，只是宋朝時代社會上一些習槍弄棒、武藝高強的漢子，講義氣、重孝道，個個身懷絕技，他們大碗喝酒、大塊吃肉，呼群保義，卻因社會風氣敗壞，貪官汙吏與惡霸橫行，在不得已的情形下出手鏟奸除惡，因而常被判打幾十脊杖之後，刺配流放邊疆、或被逼上梁山落草為寇！

當然，綜觀水滸大戲裡的人物，個個兇狠殘暴，動輒拳腳相向，刀起人頭落，砍砍殺殺之後，到處死傷枕藉，血流五步，令人不忍卒睹，可是，因為呈現在畫面的刀下屍首，若不是貪官、惡徒、也是姦夫、淫婦，社會所不容的人渣，他們的死，那是「天理昭彰」，死有餘辜，反而能大快人心，發抒人們胸中鬱悶的塊壘！

其實，古今中外，文學戲曲，旨在娛樂大眾，教化人生。有很多戲曲，在博君一笑之後，很快就為人們所淡忘。然而，梁山一百零八條好漢，三十六天罡，七十二地煞的故事能流芳千古，為世人所傳頌，正因他們和「包青天」一樣鏟奸除惡，替天行道，仿若正義的化身，足以帶給為非作歹的人一些警惕！

二〇〇二年三月十四日

借用西洋鏡

最近，美國發生一起「曠世神童」的烏龍事件，一名叫「小查普曼」的男孩，六歲時智商測驗高達二百八十九，能自製網頁，開始在大學選課，二年前曾轟動全美，被視為全美最聰明的小孩，英國電視台還特別製作「天才兒童」專題報導，被譽為世界上少見的超級天才！

前些日，小天才「心理出狀況」就醫，他媽媽始坦承前年的智商、以及學力測驗都是她捏造出來的，消息登在紐約時報的頭版，讓全球的讀者都看傻了眼！

當然，這類的烏龍事件，發生在科技昌明的美國，確實有點好笑，畢竟，美國出了個比爾蓋茲電腦軟體奇才，而立之年就榮登世界首富，個人財富最高峰曾超越一千億美元，比美國的黃金總存量多三倍，若全部換成一元紙鈔，一張張連接起來，將可環繞地球到月亮十圈；這樣傲人的成就，真不知羨煞多少為人父母，加諸「山姆」採多元入學方案，才有如此美國版的「揠苗助長」烏龍事件發生！

然而，放眼當前國內教育制度，已逐漸揚棄聯考，移植洋人那一套多元入學方案，一般高中、大學相續開放推甄入學，很多學校把參加科展獎項及面試列為重要指標，而這些條件，卻很容易刻意佈置和央人捉刀造假，換句話說，推甄入學方案，正可為有辦法的人大開方便之門，對窮苦子弟極不公平！

其實，遠的不說，金門日報開闢「小學生園地」，目的在鼓勵小朋友多讀、多看、多寫，循序漸進培養寫作能力，可是，有很多學校另訂有「學生投稿獎勵辦法」，不但學生可多獲稿費獎勵，導師也能記嘉獎，於是，編輯桌上小學生稿件常堆積如山，其中很多文稿行雲流水異乎尋常，令人驚嘆金門有那麼多文學神童！

所謂「頂厝人教囝，下厝人囝乖」，美國「曠世神童」的故事，雖只是笑話一樁，卻給世人上了一課，但願喜歡幫小朋友寫稿的家長和老師，也能借用這面「西洋鏡」引以為鑑，不要鬧笑話才好！

二〇〇二年三月七日

歲末雜感

時序輪迴，又是寒冬歲末時節，今天，掛在牆壁上的日曆撕得只剩下最後一頁，舊的一年三百六十五天就要過去了；明天，又將掛上一本嶄新的日曆，面對歲月更替，令人頗有光陰似箭，歲月如梭之慨！

當然，我絕不是多愁善感，為時光飛逝而黯然神傷，而是過去的一年，全球各地多災多難，無數生靈塗炭；世界經濟不景氣，工廠紛紛關門裁員，多少人失業沒飯吃，加諸股市慘跌，很多投資人因而傾家蕩產，而我們一家老小還能安居樂業，幸運安然走過三百六十五天，在這歲末感恩時節，豈能不勾起幾許感懷！

的確，金門已聽不到砲聲，遠離硝煙戰火；過去的一年，我們沒有「九一一」恐怖攻擊事件，也沒有風災、水災，然而，在這波經濟不景氣的洪濤中，金門卻也傳出股災，不少人一生的心血付諸東流。坦白說，個人也是國內六百萬股市投資人之一，那一年，亞洲金融風爆影響股市崩盤，在朋友的慫恿下逢低進場，撿到一些便宜貨，隨著景氣復甦，加權指數衝上萬點，財富增長數倍，只是個人抱持「傻瓜投資」理念，擇優長期持有配股配息，不懂得低買高賣，因而今年股市暴跌之後，一切幾乎又回到原點，只是曾經「紙上富貴」，空歡喜一場罷了！

然而，個人不曾因此自責，反而暗自慶幸少了那麼一點貪念和賭性，還好當初萬點沒賣股，否則，跌到八千點一定又進場買回來，甚至擴大信用交易，現在大概還住在「大套房」裡痛苦掙扎！

誠然，過去的這一年，全球多災多難與經濟不景氣，很多人身家財產遭受傷害，也很多人財富大縮水，如今，苦難的一年僅剩今天就要遠離了，但願新的來年裡，大家能遠裡災難，經濟快速復甦，人人有工作、有飯吃，家家生活幸福美滿！

二〇〇一年十二月三十一日

讓他三尺又何妨

社區門前十字路旁的老人兒童休閒公園，原本是一處髒亂的狗屎埔，經政府斥資進行鄉村整建，化腐朽為神奇，成為美侖美奐的休閒場所，村人無不額手稱慶，感念政府德澤！

可惜，公園已建成十年了，土地早已登記為國有，但仍有人覬覦公園土地，到處撿拾裝魚貨的保麗龍箱子盛土，就在公園裡養雞、種菜，試圖以「和平佔有」申辦登記，搞得既髒且亂，不但有礙觀瞻，且成為社區裡的環境毒瘤！

除此之外，公園外圍的花台，原本林務所種植「紅鐵線」，枝繁葉茂，隨著季節葉脈變色，美不勝收，也被覬覦公園土地的人，暗中偷偷一株株拔除，改栽蔥種菜；而社區有人每過一段時間把花台拍照一次，照片洗出來排放在一起，花台「紅鐵線」被蓄意偷拔的情形一目了然，連同公園裡的髒亂，以及檢具地籍圖等事證向相關單位陳情，獲環保局請求警力配合支援，動用清潔隊人員和機具清理，可是，企圖「和平佔有」公園土地的人，一直認為土地已經佔用多年，再繼續在裡頭栽蔥種菜，時間一到即可辦理「和平佔有」取得所有權，那塊地可以蓋十幾廿家店面，價值連城，因而繼續撿拾廢棄物「佔地為王」，因此，公園裡髒亂依舊，村民無不搖頭嘆息！

恰巧，佔用公園者的胞弟，正是鎮民代表，曾多次在代表會「大義滅親」，為民喉舌痛陳公園髒亂，因他曾守在老家舊宅晨昏為往生的母親燒香，竟被其胞兄一狀告進法院，指控獨自侵佔家產，因而逢人直嘆：「千里修書為一牆，讓他三尺又何妨，萬裏長城今猶在，不見當年秦始皇！」

所謂「錢財，是長壽命的人所有！」那一對企圖「和平占有」公園土地的老夫婦，二人加起來已超過一百五十歲，面對製造髒亂，相關單位屢勸拒不改善，依法是可以開單罰鍰，但是，那麼一大把年紀了，或許村民也該忍一忍，「讓他三尺又何妨」，看他們還能佔有多久？

二〇〇二年二月六日

隨手獻愛心

孩子從超商出來，順手將購物發票，交給佇著拐杖在門外的瘖啞老人，迅速鑽進我的後座車廂，但見瘖啞老人還不停地揮手稱謝！

隔著車窗，看到孩子捐發票的那一幕，心頭油然五味雜陳，似乎是憂喜參半；喜的是孩子小小的年紀，就擁有「貨惡棄於地，不必藏於己」民胞物與的精神，因為，雖是小小的一張發票，中獎機率微乎其微，充其量只是「一券在手，希望無窮」罷了。

然而，孩子懂得「莫以善小而不為，莫以惡小而為之」的道理，畢竟，那張發票對自己，並沒有什麼立即的添益，但對不幸輸在人生起跑點上、求職無門的殘障同胞來說，卻可能是荒漠中的一口甘泉，所謂「助人為快樂之本！」孩子能有悲天憫人、樂善好施的愛心表現，雖不敢奢望將來有什麼「善有善報」，但是，我相信孩子心存善念，最起碼「福雖未至，禍已遠矣」！身為人父，如何不因此感到欣慰而高興呢？

然而，孩子捐發票的那一剎那，卻也同時令我感到憂心不已，畢竟，那一紙不起眼的發票，或許真的中不了獎，可能只是一張廢紙；但總算還存有相當的中獎機率，甚至，如果幸運之神眷顧的話，還可能獲第一特獎獎金二百萬元！

其實，問題不在於獎金的多寡，而是在於孩子的心態，所謂「大富由天，小富由儉！」孩子未來要生活，若不懂得「恆念物力唯艱，當思來處不易」，養成開源節流、精打細算的習慣，處在這高物價的年代，將來如何在人群中生存！

當然，我的憂心，可能是多餘的，因為，孩子四肢健全，頭腦也不差，「一枝草、一點露，天無絕人之路」，一個人只要腳踏實地肯努力，相信不會挨餓才是，因此，孩子隨手獻愛心捐發票，關心弱勢同胞，那是一種美德，值得鼓勵！

二〇〇二年一月十六日

選賢與能

金門第三屆縣議員與第五屆鄉鎮長選舉，定今天早上舉行候選人號次抽籤，正式鳴槍起跑，揭開選戰序幕！

綜觀此次選舉，縣議員部份登記四十七人，將角逐十七個席次，鄉鎮長部份金城登記九人、金沙和金寧各登記三人，將各角逐一個名額，換句話說，落選的人將比當選的人，還多上好幾倍，競爭激烈可見一斑！

是的！政治乃管理眾人之事，大家熱衷參與，這是好現象，值得高興才是，然而，選舉是一項數人頭的君子之爭，其目的在選賢與能，為國舉才，雖訂有遊戲規則，可是，所謂「牆高千丈，擋的是不來之人」，因此，縱有詳盡的選罷法強力規範；也有檢、警、調人員虎視眈眈盯稍，可是，也只能防君子，不能防小人，因為，有候選人利用人性貪婪的弱點，以財物賄絡買票，所謂的「選舉無師父，用錢買就有！」競選經費動輒幾百萬、幾千萬元，一般社會上賢達無力負荷，真正有才德的好人不能出頭，選舉變成有錢人才玩得起的把戲，他們花錢買權，再用權搞錢，惡性循環的結果，最後吃虧的還是選民。

當然，選舉的策略如同軍事作戰，有用高空轟炸、有用潛艦水下運行、有用坦克橫衝直撞、有用單兵攻擊，戰術因人而異，方法由人不同，因此，身為選民，務必保持清醒理智，不管候選人用金錢、用禮物，都不能輕易接受，除了可免誤蹈法網吃官司之外，更是一個人良知與責任的展現，決不能貪圖不義之財，而賤賣崇高的人格！

金門的選舉文化，原本囿於宗族關係和地域情結，及「買票、綁箱」惡名遠播國內外，只有上個月的縣長和立委選舉，堪稱是歷年來最乾淨的一次，可是，仍有那麼多賄選疑案被起訴，實是美中不足的憾事。如今，縣議員和鄉鎮長選戰正式鳴槍起跑，但願大家能睜亮眼睛，珍惜手中神聖的一票，選賢與能，讓真正有才德的人出頭為鄉親服務，才是金門之福！

二〇〇二年一月八日

贊成「路檢酒測」

去年六月新「道路交通管理處罰條例」未實行之前，夜間下班回家，路上經常看到酒後駕車肇禍的場面，甚至有一次，目睹一輛自小客撞在行道樹扭曲變形，黑壓壓的車內幾個人影在掙扎哀嚎，立即打電話報警，正準備就寢的金湖警察所長陳祥麟，立即率員馳往搶救，那情那景令人怵目心驚，至今依然餘悸猶存！

自從酒後駕車開罰之後，經常可看到員警攔車路檢，凡酒後駕車依酒精濃度及車種，分別處一萬五千元至六萬元罰款，或依公共危險罪移送法辦，除了吊扣駕照，總計還可罰款十幾萬元，確實有效嚇阻貪杯的駕駛人，幾乎很少再看到車毀人亡的場面，車禍肇事率明顯下降。

然而，自從大法官第五三五號解釋文指「員警人員執行場所之臨檢勤務，應限於已發生危害或依客觀、合理判斷易生危害之處所、交通工具或公共場所為之。」換言之，為保障人權，警方不得再使用「亂槍打鳥」、「口袋戰術」或「一網打盡」的方式對行車進行臨檢盤查。

於是，在沒有法源依據之下，這一陣子，午夜下班回家的路上，鮮少看到員警路檢酒測，反而常常看到狂飆的車輛橫衝直撞，令人憂心不已，畢竟，酒醉駕車如果自己撞死了，自作孽怨得了誰？若不幸撞死人，法律宣判每每是賠錢了事，外加過失致人於死判個幾年緩刑，而不幸被撞的無辜者，除慘死成冤魂，更可能妻離子散陷於痛苦的深淵，造成社會問題？

平情而論，民主法治的社會，人權是應受保障，但酒後駕車，形同一顆炸彈在馬路上流竄，行人或騎士被碰到非死即傷，血淋淋的畫面天天出現在電視螢光幕前，難道那些被酒後駕車撞到的人都該死嗎？他們的生存權誰來保障？他們家人的幸福誰來保障？大法官的解釋，簡直是見樹不見林，本末倒置，令人嗟嘆！個人認為員警路檢酒測，是在保護駕駛人的身家財產安全，更在保護所有行路人的安全，預防肇禍絕對勝於收爛攤子，實施路檢酒測確有其必要，萬萬不能因噎廢食輕言廢止！

二〇〇二年一月二十四日

又是一年

今天，是癸未年的除夕，「爆竹一聲除舊，萬戶桃符更新」，家家戶戶準備迎接甲申年的到來。

最近，有一則賣葯酒的廣告，刻劃作稼人終日為生活打拚，忙到日曆撕完了，才驚覺一年又過去了，感嘆「囝仔愛過年，大人煩勞無錢」！

其實，「忙」字，是心沒有了；「忘」字，也是心沒有了，人們因「忙」而「忘」了過年，自古已然，於今尤烈！從前，有一個秀才閉門苦讀，想從科舉場中揚名立萬，因而發憤苦讀；有一天，聽到屋外響起陣陣鞭炮聲，忍不住推門大喊：「喂！誰在放炮？」然後，當他發現小孩子人人穿新衣、戴新帽，才恍然大悟，感慨而嘆：「噢！人家過年！」於是，趕緊跑回書房裡，揮筆寫了一對春聯貼在門外應景，這對春聯正是：

——喂！誰在放炮？

——噢！人家過年！

同樣的，清朝乾隆皇帝風流倜儻，性喜遊山玩水，一生中曾三上五台、六下江南、九登泰山，更喜歡舞文弄墨、吟詩作對。有一年除夕日，令翰林院編修紀曉嵐伴駕出遊，來到一處樓亭前，但見冷梅傲寒綻蕾，十分俏麗，因而觸景生情，不由得感懷吟唱：

——老翁秋枝看梅花，唉！青春已過。

伴駕隨侍在側的紀曉嵐見處處張燈結綵，沖天炮焰火明滅，響聲頻傳，即刻對出下聯：

——兒童側耳聽爆竹，噢！又是一年。

誠然，古往今來，無分王侯將相、或販夫走卒，面對歲月更迭、年華老去，都是一樣的無奈。當然，我本凡夫俗子，才疏學淺，面對歲盡年殘的時刻，實在不敢附庸風雅，但是，幹新聞工作日夜顛倒，夜間編報，白天約稿、寫稿，日復一日，月復一月。因為新聞有延續性，不能一日歇止。因此，年節，對我們似乎很陌生，就像今夜，旅外的遊子飛越千山萬水，都趕回來與家人團圓守歲，而報社「新訊樓」依舊燈火通明，同仁們仍埋首忙著出報，午夜時分，臨近成功村傳來陣陣迎春爆竹聲，豈能不慨嘆：噢！又是一年！

二〇〇四年一月二十一日

尊重智財權

著作權法於民國八十七年修正公佈施行，旨在保障著作人權益，調和社會公共利益，促進國家文化發展而立法。意即屬於文學、科學、藝術或其他學術範圍之創作，依法獲得權益保護，提高侵權刑責並擴大公訴罪範圍，將擅自重製侵權提高至可處五年以下有期徒刑，並得科罰三十萬元以下罰金。

其實，擅自重製他人之著作，並非指大量印刷或燒拷，而是未經著作權人同意，那怕只是下載一首歌曲或複印一段文章，都屬侵權觸法行為。君不見，三年前的成大學生在宿舍下載ＭＰ3流行音樂，經人舉發檢警展開大舉搜索，被查扣十四台個人電腦，侵權學生依法究辦；同樣的，隨後東海大學校外影印街，亦遭查扣大批學生交付影印書籍案，雖都只是學生為節省開銷自娛或自用，但仍難逃侵權公訴與民事求償的責任，殷鑑不遠！

從前，所謂「天下文章一大抄，只是抄得高不高明而已！」記得二十幾年個人在「文藝月刊」發表過的一篇「搖鈴的故事」，描寫童年賣冰棒的經過，場景在金門，但不久前某報副刊上有一篇文章，情節幾乎是一模一樣，只是地名套上臺灣某鄉下小鎮。因為，出版法已廢止，作品一經公開發表，即取得著作權，且追訴期延至身後五十年；換言之，類似情形已構成侵權行為，也就是時至今日，天下文章不能抄，那怕是手段很高明！又如去年國內知名大報年度文學獎徵稿，獲評為首獎的作品，被檢舉部份情節涉嫌模仿抄襲，被索回獎金斯文掃地事小，挨告吃官司才不值得！

事實上，這是知識經濟的時代，很多作品皆在網路張貼展示，但擅自下載，無論是自用或營利，都將隨時準備挨告，屆時恐怕連律師都可以不必聘請了，直接等著去吃牢飯或賠償。甚至，大陸的網路資源，雖兩岸文書仍互不認證，司法管轄權鞭長莫及，但文章亦不能任意下載，須知「天下沒有白吃的午餐」，身為現代人，要有尊重智財權「使用者付費」的觀念，才不致誤蹈法網「代誌就很大條」囉！

二〇〇四年一月十五日

風格與品味

報紙的副刊，是塊對外公開的園地，接受各方投稿，所刊載的文稿包羅萬象，著重於歷史、文化與藝術品味，雖不一定具新聞性，但常是新聞的延伸和深化，與「正刊」國內、外新聞和政經議題相輔相成，構成一份完整的刊物，滿足讀者的口味。

近年來，由於電子媒體興起，衝擊平面媒體的存活空間，部份報紙跳脫不了財務困境，紛紛關門停刊；也有些為減少稿費支出，被迫割捨副刊「斷尾求生」，只留新聞版面等待「敗部復活」。然而，由於生活日趨休閒化，也有報刊推出「第二副刊」，有別於傳統副刊嚴肅文學創作、或深奧的學術論述，以趣味性、娛樂性和生活化的文章吸引訂戶，鞏固報業市場地位！

不可否認，每一份報刊都有其堅定的輿論導向和特色，而副刊提供軟性資訊，其精髓在於展現文化深度和人文精神。君不見，放眼全世界，副刊是華文報紙的特色，諸如發行量傲視群倫的美國紐約時報、和華盛頓郵報，都沒有副刊的存在，在在顯示中華文化博大精深與可貴！

金門日報副刊從「料羅灣」、「正氣副刊」延伸而來，已走過五十幾個寒暑，其間歷經兩岸兵戎相向的「隔絕五十年」、和開啟經貿交流的「小三通」新頁。儘管歲月更迭，作者群和編者不斷推陳出新，但傳承浯島風土民情的風格，卻一步一腳印從未改變，一棒接一棒默默薪火相傳！

所謂「一方土，養一方人！」金門自唐貞元年間，陳淵入浯開疆牧馬，一千六百餘年來，歷經朱子教化，島上文風鼎盛，科甲連登，夙有「海濱鄒魯」之美譽，僅僅是今榕園尉廬的西洪村，即曾有「人丁未滿百，京官三十六」的盛事，證明金門是有歷史、有文化的地方。如今，作為島上唯一的地方報，我們何其榮幸，擁有豐富的歷史文化，讓副刊展現浯島特有的「風格與品味」，這是包括本島與旅外數十萬鄉親、以及熱愛金門人士的殷殷期許，值得我們賡續努力！

二〇〇四年一月九日

不可逆轉的一頁

名作家黃春明與李昂應邀飛越台灣海峽，與金門地區藝文界舉行座談，就有關文學、小說寫作上的問題，進行面對面的交流與對話。

聆聽這一場兩小時「小說裡外的生活情境」對話，帶給我最大的感觸，並不是大師對文學與寫作精闢的宏論，而是他們對金門風土民情的瞭解，以及表露對這塊土地的眷戀深情，好似久別重逢的歸人，訴說往日情懷，讓人陶醉其中！

其實，台灣知名鄉土作家黃春明先生，前後只來金門三次，第一次是三十幾年前「冬令青年文藝營」上前線，上一回是前年的「金門詩酒文化節」，都是短暫隔宿的停留，但大師憑其敏銳的觀察，以及豐富的想像，直指金門曾歷經烽火連天，親情飽嚐悲歡離合，到處都是寫作的題材，還特別舉例民國三十八年以前，金廈自由通行，有人曾去廈門商辦採買，卻遇上「國、共」爭戰，自此兩岸隔絕五十年，人民親情骨肉離散、生死音訊全無，只得淚眼隔海相望，當金廈兩岸重啟「小三通」，有人再踏上這片土地的第一步，立即跪地親吻，這種故事情節多麼感人？

李昂大師接著說，人們走過的歷史，是不可逆轉的一頁，諸如今天民生比以前富庶，就算有朝一日不幸再回到和從前一樣的貧窮，但是，以後的貧窮，絕對和過去的貧窮不一樣。換句話說，文學是反映人生，我們這一代走過的足跡，這一頁歷史應即時記下，因為，歷史是不可逆轉的一頁！

或許，金門走過漫長的烽火歲月，也經過長期軍管，多少血與淚灑在這一片土地上，在在都是可歌可泣的章篇，而這一頁頁的史實，絕對不可能逆轉重演，若不及時用筆描繪，或用鏡頭記錄，將隨著物換星移逐漸褪色，也將因生命不斷地凋零而流失，不復記憶！

這一次縣府邀請黃春明與李昂兩位大師，前來金門與藝文界座談，精闢的剖析讓大家受益良多，特別是大師直指金門歷經戰亂，到處是寫作的題材，史實更是不可逆轉的一頁，這一番話將更加堅定金門文藝界朋友的信念，共同攜手為傳承浯島風土民情勇往直前，不辱時代使命！

二〇〇四年十月三日

戰爭與和平

溫世仁這個名字，股票族應不陌生，大家都知道他是電腦科技大亨，但是，鮮少人知道他熱愛閱讀與寫作、疼惜年輕學子、用心推廣文化事業，也致力大陸西部「千鄉萬才」開發計劃，默默實現人生夢想！

不幸的是，民國九十二年十二月六日，溫先生突然中風急救無效辭世，得年五十五歲，一顆閃耀彗星驟然殞落，震驚全台科技界。

其實，自盤古開天以來，無分王侯將相或販夫走卒，沒有人能躲過生死輪迴。因此，長江後浪推前浪，一代新人換舊人，每個生命走到盡頭，只是遲早之別，委實不足以大驚小怪。然而，溫先生英年早逝，本月二十日在臺北舉行告別式的同時，透過電視現場轉播，遠在大陸西北甘肅省古浪縣黃羊川，還有超過一萬名的青年學生，他們冒著凜冽的風雪，含淚排隊簽名悼念溫先生，感念恩澤廣被，造福地方。

原來，溫先生為實現五十歲後不再作生意人的宏願，不但寫了近二十本書，將他成功的經驗及理念分享給年輕人。同時，深入大陸各省、市、自治區考察，首先，選擇民生最窮苦的甘肅省古浪縣黃羊川，作為「千鄉萬才」計劃示範基地，免費贈送學生電腦，協助架設網路教室，逐步擴展至甘肅、寧夏、陝西、青海、西藏等省區的五十所學校，相繼受益學生已超過五萬人，讓他們有機會認識崇山峻嶺之外的世界，希望五年內培訓逾萬名軟體人才，在大陸西北窮鄉僻壤複製一千個「黃羊川」，冀望幫助他們就地創造財富、改善生活。

眾所皆知，溫先生是道地的台灣人，在有限的生命之中，不僅跨越了科技與人文的門檻，也捨得散盡財富分享不同族群，濟助黎民蒼生，不但擁有世界觀的視野，也擁有華夏情的胸襟，放眼今日社會，幾人能夠？所謂「好人不長命，禍害遺千年！」特別是時值選戰前夕，每日觸目盡是爾虞我詐，無所不用其極的爭權奪利，對照風雪中萬人含淚悼念溫先生，戰爭與和平，繫於一念之間，能不令人感嘆？

二〇〇二年十二月二十八日

不要跟他生氣

常看政論性「叩應」節目的人，都會發現每當討論到與宋楚瑜有關的議題，必定有人打電話進去：「宋仔假清廉，連媽媽家的廁所門壞了，也沒錢修理！」任憑老宋多次公開澄清，從來沒有講過這樣的話，並懸賞高額獎金徵求證據，於是，「叩應部隊」仍一而再，再而三地講同樣的話，甚至，還拍製「麥擱白賊」單元劇光碟四處散播。

當然，宋仔既不是神、也不是仙，而是血肉之軀的人，聽到這樣的話難免火冒三丈，趕緊出面澄清；同樣的，看到那樣的光碟，也忍不住連罵六聲「下流」。想不到老宋的這些本能反應，並沒有獲得善意的回應，反而被控告「公然誹謗」。很明顯的，這是人家設計挖坑等他跳，如果不反駁，白白布被染黑；如果中計隨之起舞，人家正等著偷笑，目的不言可喻！

其實，類似蓄意造謠抹黑的情事，並非只針對宋仔一人而已，一般人也都會遇到，如果聞之動怒，或去找他幹一架，那是愚昧的作法，因為，嘴巴是長在別人的身上，任誰都無法攔阻，雖然，「謊言講十遍成真理」，但是，「只要樹身站呼在，唔驚樹尾作風颱！」而且，旁觀者的眼睛是雪亮的，「是非自有定論，公道自在人心」，謊言有時也像兩面刃，既會傷害別人，也可能傷了自己！因此，面對蓄意抹黑，最好不要跟他生氣！

有一首莫生氣歌，歌詞是：「人生就像一場戲，因為有緣才相聚，相扶到老不容易，是否更該去珍惜，為了小事發脾氣，回頭想想又何必，別人生氣我不氣，氣出病來無人替，我若氣死如他意，況且傷神又費力，親朋同事不要比，兒孫瑣事由他去，夫妻甘苦在一起，神仙羨慕好伴侶！」

此外，還有一首消氣勸世歌，由於歌詞冗長，茲節錄修改如下：「莫生氣，要消氣，氣出病來誰能替？需知百病生於氣，勸君遇事多消氣，世事難盡個人意，他人氣我我不氣，養生保健蓄元氣，身心健康是福氣！」

二〇〇三年十二月十七日

何必草蜢弄雞公

孩子明年就要高中畢業了，如果考不上大學，就準備要接「兵單」入伍了。

民國八十一年金門終止「戰地政務實驗」，回歸民主憲政常態，生活在島上的男女青年，不必再當「民防自衛隊」，而是依法納稅和服兵役。

當然，服兵役是國民應盡的義務，孩子屆齡該當兵的時候，那是他無所逃避的職責；而為人父母者，普遍也希望孩子能跳脫家庭的呵護，在軍中接受團體生活的訓練與陶鑄，才能適應人生旅途的各種挑戰。

不可否認，自孩子呱呱墜地，一家人看著他開始爬行、看他站起來走路、看他多吃一口飯、多認識一個字，無不充滿著喜悅和希望，如今，孩子長得又高又壯，但是，最近這一陣子，孩子的阿嬤和媽媽，卻憂心忡忡，悶悶不樂！

因為，隨著明年總統大選腳步逼近，統獨爭戰日熾，公投爭議一再觸動敏感神經，讓兩岸瀕臨戰爭邊緣。而家有及齡役男，可能隨時上戰場，尤其，不久前，立委質詢國防部，倘若兩岸開戰有何因應措施，副部長陳肇敏的答覆是，一旦台海爆發戰爭，估計第一波死傷役男十二萬八千人，四十五歲以下的後備軍人將被徵召動員，重新穿起軍服上戰場。果真有那麼一天，如何不引以為憂？

金門歷經長期戰火蹂躪，老一輩的鄉親都曾目睹砲火造成家破人亡的慘狀，最能體認「戰爭無情」與「生命無價」，好不容易砲聲遠颺，不必再躲防空洞，誰願再重回戰爭悲慘的歲月？何況，兩岸關係逐漸和緩，「小三通」開啟經貿往來新頁，人家又沒有恫嚇或挑釁，咱們何必一再「草蜢弄雞公」呢？除了造成族群紛爭，耗費國力，更可能引爆戰爭，讓役男上戰場。

任誰都知道，每一個孩子，都是媽媽心頭上的一塊肉，誰願兒子去打仗？孩子明年就高中畢業了，萬一沒有繼續升學，將隨時準備接「兵單」入伍；難怪孩子的阿嬤和媽媽，每天面對電視統獨爭論，總是憂心忡忡，悶悶不樂！

二〇〇三年十二月五日

鬥嘴鼓，輸透透

話說從前，有一戶人家三兄弟都是火爆浪子，話不投機動輒抬槓、爭吵，為鄰人所恥笑，連父母都拿他們沒辦法。有一天，母舅出面當和事佬，邀外甥約法三章，規定誰先爭辯或抬槓，就處罰款三貫錢，所謂「天頂是天公，地上是母舅公」，母舅說的話雖算數，但恐空口無憑，三兄弟還一起到廟裡菩薩面前立誓，希望自此兄友弟恭、和睦相處！

隔天，為慶祝自此團結和諧，一家人特備酒菜同歡共飲，酒過三巡之後，長兄突然慨嘆：「昨天田裡的水井被人偷走了，以後不知到那裡取水灌溉？」語畢，舉杯勸酒，要大家開懷暢飲，不醉不歸；老二覺得其中有詐，又不可爭辯，於是，靈機一動順水推舟：「那個偷井的賊，把井水倒在我的田裡，害作物都浸壞了！」老三終究按捺不住性子，當場原形畢露：「騙肖ㄟ！水井怎能偷走？」長兄嘿嘿乾咳兩聲：「三弟！咱們已約法三章，不得再抬槓，你違反規定，該罰三貫錢！」

於是，老三乖乖回家拿罰款，妻子問明原委之後，一把搶下丈夫手中的三貫錢，並將他按在床上：「好好給我躺在這裡，我替你去罰錢。」說著，飛奔來到酒宴前，把錢交到大哥手裡：「我丈夫一回到家，突然肚子痛，很快地生下一個男嬰，一時無法前來，叫我來代繳罰錢！」大哥、二哥聽後莫名所以，異口同聲：「妳有沒有搞錯，男人怎麼生孩子？」斯時，老三的妻子忍不住笑出聲：「大哥、二哥，真歹勢，你們也抬槓，該各罰三貫錢！」

古有明訓：「家和萬事興，家不和萬世窮！」這則寓言故事，我們看到這一家人，事無大小，語無倫次，爭吵不休，不僅為鄰人所恥笑，也相互抵消力量，對整個家族百害而無一益；所謂「棚頂有伊款戲，棚腳有伊款人」，衡諸當前社會，政爭無所不用其極，「非常」抹黑、漫罵、攻訐及顛覆社會價值觀的口水戰，每天從早打到晚，不僅貽笑國際，民心更不得安寧，鬥嘴鼓，輸透透，誰贏？

二〇〇三年十一月二十九日

風水輪流轉

十年前，寶島歌王葉啟田，以一曲閩南語「愛拚才會贏」風靡台灣大街小巷，更跨越語言的界限，不僅唱響神州大江南北，更遍及全球華人世界，名利雙收，登上人生最高峰！

根據新聞報導：寶島歌王成名之後，投身立委選戰，躋身國會殿堂，任用助理十二人，競選服務處十三人，每月支出薪水就達百餘萬元，由於入不敷出，連同選舉債務利上滾利，以致債務纏身，加諸競選連任落敗，消失在政治和演藝舞臺，大起也大落，讓人喟嘆真如他的成名曲：「人生可比是海上的波浪，有時起、有時落」！

同樣的，一千兩百年前的唐朝，有一位叫張繼的考生，經過寒窗苦讀，希望在科舉考場求取功名，享受袍笏加身的榮耀。可惜放榜之日，卻名落孫山，無緣在瓊林宴上一睹天子的龍顏，因而潸然淚下獨自離開京城，來到蘇州城外買舟夜泊江上，目睹孤月西斜，烏鴉在覆霜的屋瓦上啞啞啼叫，已是深夜時分了，岸上江楓如火，漁人還在辛苦工作，遠遠的寒山寺鐘聲悠揚迴盪，憑添無限思鄉愁緒無法安眠，因而寫下「月落烏啼霜滿天，江楓漁火對愁眠；姑蘇城外寒山寺，夜半鐘聲到客船」的詩句，道盡失意落寞的惆悵，千餘年來為人們所傳頌！

所謂「禍兮福所倚；福兮禍所伏」，倘若寶島歌王沒有因「愛拚才會贏」名利雙收，可能也不會進軍政壇，又豈會落得債務纏身？同樣的，張繼若不是因為落榜失眠，又怎會寫出「楓橋夜泊」的詩句，成為不朽的詩篇，名傳千古！

歷史是一面鏡子，「一時失志，不免怨嘆；一時落魄，毋免膽寒」；曾經落榜的張繼沒有失魂落魄、借酒澆愁，經過不斷的努力，幾年後終於如願考上進士衣錦還鄉；而今，寶島歌王也沒有「失去希望，每日醉茫茫，孤魂無魄親像稻草人」，正努力東山再起，相信風水是會輪流轉，「愛拚才會贏」，且讓我們拭目以待！

二〇〇三年十一月二十四日

「輯」人憂「添」

不久前，聽一位高中老師大吐苦水，慨嘆「夫子難為」，準備辦理退休，提早告老返鄉歸隱山林！

因為，當下大學院校林立，升學率很高、學習意願卻很低，特別是很多學生懶得動筆寫，考問答或填充題，試卷往往一片空白，學生普遍只會在測驗卷選擇題作答，國語文程度江河日下！

準備退休大吐苦水的老師說：他在考堂上分發試卷，試卷都還沒全部發完，先拿到試卷的學生大筆一揮，只見一百二十題的答案卡上，一條線劃到底，全部選相同的答案，然後急著離場，老師出面制止，學生還理直氣壯應曰：「考完不出場留下來當傻瓜？」當他再要求試卷才出四十題，答案卡不可作答一百二十題，學生還很不屑丟下一句：「老師，沒有題目的空格，不要計分，不就得了！」

或許，時下的學生懶得動筆寫字，可能與電腦普及化有關，因為，只要操作鍵盤和滑鼠，即能打出各種文字或篇章，而且，字形要大就大，字體說變就變，整齊清潔又快速，不必橫、豎、撇、捺、鉤，一筆一劃逐字去刻繪。尤其，電腦愈來愈便宜大眾化，各種簡易輸入法不斷推陳出新，已有人發明「筆順碼」輸入法，把中國文字依筆劃「橫、豎、撇、捺、點、順彎、逆彎」六種基本筆形，配合「斜鉤、八、十、口」四種複筆，分別在鍵盤依一至九及零等阿拉伯數字編碼，即橫1豎2撇3……斜7八8十9口0。例如打「工」字，按121鍵，「川」字按322，以此類推，連不識字的文盲，都可以輕鬆用電腦打字了。

當然，寫作文不一定要用筆，用電腦更方便，所以，學生懶得寫字，大學聯考廢考作文，應是最大的元兇，畢竟，當前的教育政策，學生只要會考測驗卷、用二B鉛筆塗填答案卡，總分十八即能上大學，難怪很多大學畢業生，竟連自己的求職「自傳」也寫不出來，要不然，就是錯字連篇、不知所云！長此以往，五千年的固有文化將日漸淪喪，能不令人引以為憂？

二〇〇三年十一月七日

開車小心撞到鳥

前些年，台灣黑槍氾濫，沈文程一曲「出門小心踩到槍」風行大街小巷，隱諷治安惡化入木三分；日前，有一篇旅遊報導，介紹金門好好玩，是觀光賞鳥的聖地，至少有二百五十種以上的候鳥和水鳥，放眼山林田野，隨處可見鳥兒成群，有時一群幾百、幾千隻，或振翅飛翔、或棲息覓食，在在均蔚為奇觀；也由於鳥類太多，已到了「開車小心撞到鳥」的境地！

本來，平時翻閱報刊雜誌，凡是與金門有關的報導，都會吸引目光瀏覽，尤其，看到在金門「開車小心撞到鳥」那麼聳動的標題，自然逐字加以詳讀。因為，近二年來，個人曾兩次開車撞到鳥，記憶特別深刻！

前年秋天，我開著銀白色自小客車往機場的柏油路上，路旁一隻覓食的班鳩振翅驚飛，卻倏地俯衝撞向右邊車體，掉在車後馬路上痛苦掙扎，我費了一番工夫，仍救不活牠的性命！或許，「大路通天，一人行一邊」，我開車走大路，本無傷害飛鳥的意思，班鳩卻撞車而死。為此，我曾寫過一篇「忙與盲」，懷疑是銀白色的車體行駛之中，彷若一片大明鏡映著浩瀚的蒼穹，鳥兒慌「忙」之間，眼睛出現「盲」點，以致一命嗚呼！

再者，日前開車路過環島北路瓊林段，一隻褐翅鴉鵑，突然從路旁的行道樹竄出橫過馬路，說時遲、那時快，我立即踩住煞車，可是，褐翅鴉鵑驚惶失措飛躍起來，先撞上引擎蓋，再撲向擋風玻璃，倏地掉落在左側路面滾動。待驚魂甫定，發覺緊急煞車後，自己幸運平安無恙，但因後方有多部來車，無法停車察看，因此，那隻被撞的褐翅鴉鵑；命運如何，想必是凶多吉少，時感愧疚！

過去，金門童山濯濯，經過軍民綠化植樹，加諸槍聲、砲聲遠颺、農地日漸拋荒、以及重視生態保育，鳥類棲息、繁衍愈聚愈多，已成島上重要的觀光資源，個人兩次開車撞到鳥，足以證明金門鳥多傳聞不虛！我已叮嚀自己，往後開車上路，除要遵守交通規則，注意行人和左右來車，更要對路旁飛越千山萬水來到金門的鳥兒，多付出一分關愛與疼惜！

二〇〇三年十一月二日

編務手記

自今年五月起，個人暫時兼編浯江副刊，以「傳承浯島風土民情文化、與凸顯地方報特色」為擇稿方向，雖然，報社能給的稿酬很低，然而，來自台金兩地、甚至海外鄉親熱情賜稿，一幌眼就是五個月了，當初耽心缺稿「開天窗」的情形並未出現。

說實在話，當前國內報刊稿費核發標準，約在每字一塊錢之譜，也就是作者嘔心泣血的文稿經採用刊登，一千字能有千元稿酬，足足比金門日報高出有三倍之多。幸好，許許多多的作者，無論是長居金門本島和旅外作者，或是過境的旅人墨客，在在都本持對這塊土地的熱愛而寫，並非為賺稿費而作。

值得一提的是，「浯江副刊」的作者群，其筆下功力較諸其他大報作家，絕對毫不遜色，他們甘於捨棄豐厚的稿費，而把文稿投寄給「浯副」，讓關心這塊土地的真情，隨著報紙的發行和網站公開呈現，與廣大鄉親及關心金門的讀者共同分享，所謂「血濃於水」，那份對浯島認同的深厚情感，並非金錢所能衡量！

或許，處在高物價的今天，「浯副」的稿費確屬偏低，但礙於現實，短期之內仍不能調高，作者的智慧結晶暫時無法獲得應有的報酬，值得吾輩加倍努力去爭取。然而，個人覺得比較困擾的，倒不是稿費偏低問題，而是有少部份的作者，要求比照其他報刊，文稿經擇用刊登，能寄送一份報紙通知供作保存留念，更有要求多送幾份報紙分贈親友；甚至，也有作者希望能免費贈送報份，在在都超出個人能力範圍，實在礙難遵照辦理。

當然，「浯副」稿費偏低，作者長期愛護報社和支持供稿，這樣的要求確實並不過份，但是，目前報社仍屬公營事業單位，所出刊的每一份報紙，和酒廠生產的「金門高粱酒」一樣，依法員工不得任意取用，也不能擅自贈送他人。至於文稿經擇用刊登寄送報紙，實因人手不足及經費短缺，亦是心有餘而力不足，還請多多包涵，歡迎逕行訂閱報份，或者，瀏覽報社網站，亦可獲知稿件是否擇用刊登！

二〇〇三年十月二十八日

出頭損角

不久前，高雄市有一隻台灣獼猴掙脫鐵鍊，逃到行道樹上鬧大街，引來許多民眾圍觀，有的拿竹竿、有的拿梯子，上演一齣人猴追逐戰，不但請來動物園的吹箭高手伺候，也出動消防隊雲梯車，但都拿超頑皮的獼猴沒輒；後來，人群中有人自告奮勇爬到樹上欲抓猴，卻不慎從樹上摔下，頭部觸地成重傷，送醫救治仍昏迷不醒，生命垂危！

事實上，抓猴子的當天，現場曾有人自稱是飼主，可是，當男子從樹上墜地送醫，人猴追逐戰並未停止，最後猴子是抓到了，但已沒有人敢出面承認是飼主，闖禍的獼猴，只得被帶到派出所，關在鐵籠裡當證物，因為，有人因抓猴摔成重傷，已屬刑事案件，而且，傷者留下老父及幼子，家屬希望找飼主負責，可是，爬樹抓猴的人，並非有人唆使，因此，即便找到猴子的主人，頂多只是飼養獼猴違反野生動物保育法，與人命關天的刑案無關，何況，飼主早已不知去向！

認真說，炎黃子孫算是比較自私自利的民族，古往今來「自掃門前雪」的觀念根深蒂固，類似爬樹抓猴情形，老一輩的人見狀，鐵定要罵他「狗拿耗子，多管閒事」，特別是摔傷之後，更會嗤之以鼻，大罵「出頭損角」，甚至，嘲笑他「有功無償」，簡直笨到「人家在中進士，伊在捶死羊母頭」，吃力不討好。反正，「事不關己，最好少理」，自告奮勇爬樹抓猴子摔成重傷的男子，正是「不聽老人言，吃虧在眼前」的寫照！

或許，掙脫鐵鍊頑皮的彌猴沒有錯，飼主也沒有錯，甚至，爬樹抓猴的人也沒有錯。如果有錯，那是錯在太不小心、太自不量力了，畢竟，猴子天生就是爬樹的高手，能輕易在枝頭跳躍，人類的老祖宗雖是猿猴，但經過幾萬年的演化，手腳攀樹的功能早已褪化，笨手笨腳的憑什麼上樹抓猴？所謂「助人最樂」，但空有熱情，不動腦筋、不想方法，有勇而無謀，猴子抓不到沒關係，還從樹上摔落成重傷，也找不到飼主負責，平白「出頭損角」，吃這種悶虧能怪誰？

二〇〇三年十月十三日

一鍵之誤

前幾天，國內各大媒體爭相報導兩則「烏龍事件」新聞，一鍵之誤，錯得太離譜，造成財物損失事小，經新聞報導淪為笑談，企業形象損失才是無可彌補！

其一：第一銀行現金卡業務爆發重大疏失，台南市一名捆工男子預借現金額度上限原本是二萬元，在信用許可下調高為三十萬元，但因行員電腦作業輸入誤把代表角、分的兩個零，誤鍵到小數點前方，使得預借現金額度從卅萬變為三千萬元，預借人才能每天連續以最高額提款，短短二個月計提走三千四百萬元才被發現，但錢都已匯往大陸，未來能追討回來的機會，恐怕十分渺茫。

其二：臺北地方法院行文臺北地檢署，要求將一名煙毒犯送觀察勒戒，書記官在製作公文時，不小心按錯電腦的點選鍵，將檢察官的名字誤植入被告欄，發文前也沒有再仔細校對，造成張冠李戴，錯把檢察官變成須觀察勒戒的煙毒犯，公文發出去才發現錯誤，臺北地院雖緊急發函更正，但經媒體廣泛報導，法院公文誤植事件，遂成為人們茶餘飯後的笑談。

當然，自古以來，上自王侯公卿，下及販夫走卒，任何人走筆都會或多或少發生筆誤，如今使用電腦，文字輸入法種類繁多，使用注音輸入法同音字、或使用拆碼輸入法，同碼字倘未仔細選擇，加上電腦皆能智慧選字，往往會自動辭彙集字；此外，滑鼠游標若未仔細標定，製作完成未再詳加校讀，可能產生許多舛誤，輕則鬧出笑話，重則像「第一銀行」現金卡業務部，一個小數點因游標下錯地方，不僅造成巨額損失，成為近年來金融界最離譜的烏龍案，且被財政部列為重大疏失，遭到勒令停止該項新業務，一鍵之誤，釀成難以彌補的傷害。

所謂「仙人打鼓有時錯，腳步踏差啥人無」，以及「人非聖賢，孰能無過，知過能改，善莫大焉！」可是，只因一時的粗心大意，類似的「一鍵之誤」，所付出的代價也真的太大了，豈能不戒慎恐懼，引以為鑑！

二〇〇三年十月七日

也是俗語話

最近，金門日報副刊推出「咱的俗語話」專欄，旅台鄉親許丕華先生，率先寫出地區民間流傳的俗語話，讀來倍感溫馨；令我想起孩提時，長輩常要求「囝仔人有耳無嘴」，話不能多說、也不能多問。因為，「一句話有三角六尖，角角傷人」，很多話言者無心，聽者有意，而且，話經入耳，有力難拔！

不久前，慈濟「一灘血」誹謗官司，經過兩年的纏訟，刑事獲判無罪，但民事部分則判處敗訴，需賠償一百零一萬元。雖然，慈濟人與委任律師團，皆認判決有瑕疵，甚至，社會各階層及全球慈濟人均力勸證嚴提起上訴，但證嚴平日籲世人「慈悲喜捨」、要求弟子「柔和忍辱」，以出世的精神，做入世的工作。因此，以「不忍、不捨、不解」發表七點聲明，宣佈放棄上訴讓官司落幕。

然而，這件官司起因於民國五十五年，證嚴法師出家之初，一位原住民產婦因交不出八千元「保證金」被拒醫死亡，在診所地上留下「一灘血」，因而發願發展醫療志業，在花蓮建立不收保證金的慈濟醫院，造福民眾。

事實上，三十七年來，證嚴法師在著作或演講中，轉述「一灘血」的故事時，從未提及診所或醫師的姓氏，而是當年在診所的目擊者，無意間向媒體說出診所醫師的姓名，家屬認有損害名譽，對她及證嚴法師提出告訴，開啟漫長的纏訟官司。

其實，證嚴以一介女尼，創辦「慈濟功德會」，致力社會慈善、醫療、教育、文化四大志業，會員已達數百萬人，愛心慈光普照台灣寶島，更遍及國外，濟助無數苦難的民眾，實無妨害他人名譽之心，而是論述事實被指傷人；就像日前某部長召明眼女郎按摩，涉嫌接受招待違法瀆職，事情曝光後雖鞠躬道歉，但指「南部人都是這樣請來請去。」企圖脫罪自保，卻汙名化南部人，在許多叩應節目和報紙論壇遭到嚴正的抗議。

以上兩則新聞，同屬言者無心，聽者有意，正是咱的俗語話：「每一句話皆三角六尖，角角傷人！」

二〇〇三年十月一日

吃有吃相

記得孩提時剛會爬上飯桌，父母兄長便不時教導怎麼拿飯碗、拿筷子，怎麼挾菜、喝湯，並不時叮嚀坐要有坐相、吃要有吃相，不能狼吞虎嚥，一定要小口細嚼慢吞，才不會噎到或撐壞肚子。

及長，從鄉下到城裡唸高中，在學校住宿餐廳搭伙，軍訓教官對生活細節要求特別嚴格，規定吃飯不能講話、喝湯不能出聲音，那時還沒有「B型肝炎」問題，尚未實施餐盤自助式吃法，一桌同學圍著吃合菜，或許，是有教官在場虎視眈眈，也可能是大家朝夕相處，彼此懂得規矩相互尊重，只挾盤中靠近自已面前的菜，似乎沒有發生撈過界、或卒子吃過河等吃相難看的情事。

剛到報社上班初期，與只對軍中發行的「正氣中華報」尚未分家，因此，報社裡有許多支援的阿兵哥，這些能不必在部隊出操站衛兵者，除少數具有印刷技術專長，普遍都是有來頭，若不是高官子弟，便是豪門公子哥兒，可能是養尊處優成性，有時同桌吃飯，值星官開動令一下，但見他老兄只吃菜、沒吃飯，手持筷子目不轉睛整盤菜翻來翻去，一盤翻過、又翻另一盤，喜歡吃的拚命往自已嘴裡送，無視於別人的存在，吃相實在有夠難看，令人搖頭不已！

當然，這是一個弱肉強食的世界，大魚吃小魚、小魚吃蝦米、蝦米吃泥土，生物為求裹腹充饑延續生命，可以不擇手段趕盡殺絕，可是，人是萬物之靈，理應明禮義、知廉恥，萬萬不能「吃碗內、看碗外」，露出貪得無懨的吃相，要不然，吃飽肚子，將丟盡面子！

然而，這年頭人心不古，人倫道統日漸淪喪，爭食搶飯碗，巧取豪奪不堪入目的畫面，透過電子媒體無遠弗屆傳播。君不見，中鋼人事更迭、醫師拋棄相戀多年女友，只為當駙馬等等，吃相都極為難看，怪不得成了八卦週刊的大賣點，淪為人人爭睹的笑柄，雖然風光一時，恐怕也要被笑罵一世！

二〇〇一年六月九日

漏失的篇章

民國三十八年「古寧頭大戰」一役之後，「國、共」兩軍隔著金廈海峽重兵對峙，金門人被砲火轟炸四十年，可是，當時沒有電視，加諸戰地消息對外嚴格管制，有許多驚險情節、與可歌可泣的故事，外人都不知道。

日前，英、美聯軍出兵攻打伊拉克，透過電視畫面，全世界的人都看到了，因此，個人決定在副刊推出「砲火餘生錄」專欄，希望大家記錄砲火下驚險的回憶。豈料，專欄推出之後，引起廣泛的迴響，稿件源源不斷寄進報社，也有許多讀者來電，指稱讀「砲火餘生錄」的文章，彷如回到從前，在電話中有感而發地述說一段砲火下驚險的過程，當年在醫院一位翁姓老同事，就是其中之一。

記得民國六十四年初，我在醫院當助理員，有一位翁姓工友，由於額頭天庭比一般人高，天生一付「達官貴人」的面相，大家都叫他「將才」，因曾有「相士」為他感到惋惜，說年青時若投考軍校，定能當上「將軍」，而他仍樂天知命，每天照樣扛擔架、抬傷患，從不怨天尤人！

不久之後，我轉職報社，他則調往金城衛生所，因常看我寫的「浯江夜話」，稱得上是長期忠實的讀者。可是，近來碰面所談的，不是我寫過文章的內容，而是「砲火餘生錄」的章篇，說自己也有過一段砲火下很驚險的經歷，可惜不善筆墨，無法寫出來與大家分享。

記得是半個月前吧，他還侃侃而談「八二三砲戰」那一天，當時才十來歲，與同村的孩子一起在田裡撿花生，對岸砲彈成群飛來，還誤為是部隊在演習，幸有一位阿兵哥路過拚命喊叫催他們快逃，才沿著電線壕溝慢慢爬回家，逃過一劫。

其實，那一段砲火餘生的過程，他曾不只一次希望我幫忙代筆，但由於公、私兩頭忙，遲遲未能好好聽他細訴記錄成篇！豈料，日前他老兄突然身體不適連夜後送台灣，平日硬朗朗的身體竟一病不起！屬於他「砲火餘生」的經過，還來不及記錄即漏失，令人慨嘆「老兵不死，只是逐漸凋零矣！」當年鄉親在砲火下生活的點點滴滴，若不立即動筆記下，將隨著歲月更迭漸漸流失！

二〇〇三年九月二十五日

別拿生命開玩笑

小時候，看大人們抽煙，一根根紙煙點燃用嘴吸，然後吐出一陣陣白煙，明明煙味很臭，卻稱為「香煙」；大人們不但喜歡自己抽，還會相互敬煙，真是奇怪！

或許，童年被二手煙燻怕了，成長之後沒有成為癮君子。當然，以前看別人抽煙，自己吸二手煙，只會偶而咳嗽或感到頭暈，並不知道抽煙和吸二手煙，同樣會引發心臟、血管、支氣管炎、肺氣腫和肺癌等致命疾病，對健康造成很大的傷害。

煙害防治法實施之後，規定未滿十八歲者不得吸菸，公共場所全面禁菸，到處張貼「禁止吸煙」的告示，違者將開單告發罰款，經衛生單位大力倡導後，癮君子已不敢明目張膽抽煙，一般人逐漸可免吸二手煙之苦！

以前，從中央電視台看到大陸人手一支煙，連高幹在辦公、開會照樣吞雲吐霧，頗覺不可思議。近年來，兩岸擴大交流，台灣地區人民前往大陸投資旅遊絡繹於途，有線電視頻道卻反而不見中央電視台，因此，大陸地區吸煙情況是否改善，不得而知！

日前，有機會踏上對岸的土地，目睹他們為拚經濟，各項硬體建設突飛猛晉，尤其是交通建設著實讓人耳目一新，但是，環保觀念還是很薄弱，垃圾依然堆在高速公路旁燃燒，濃煙蔽天，尤其，滿街觸目可見叼煙的癮君子，甚至，連穿制服的公安，執勤時照樣吞雲吐霧，煙蒂隨手往地上一丟，視為理所當然！

根據美國新聞週刊報導，大陸有三億兩千萬「枝」煙槍，全球香煙產量三分之二在大陸被「噴掉」，但「政府」為了稅收，連香煙盒都不加印「吸煙有害健康」的警語，放任煙害蔓延，所以，八個男性死亡，就有一人因煙害而死，更可怕的是吸煙人口年齡逐漸下降，煙害日趨嚴重，專家預測若無有效改善，到二〇五〇年煙害死亡率將遽增為三分之一。其實，美國因抽煙引發疾病死亡率高於因愛滋病、酗酒、車禍等，約為總體死亡人數的五分之一。

抽煙，確實有害健康，也會妨害身邊的人，癮君子快早早戒煙為妙，千萬不要拿生命開玩笑！

二〇〇三年九月十九日

失去競爭力的隱憂

「有飯大家吃」和「大家有飯吃」這兩個名詞，五個字排列順序不同，其中含意卻迥異。以前，復興基地台灣自詡在三民主義自由經濟體制下，國民所得超過一萬美元，躋身亞洲四小龍，民生富裕「大家有飯吃」，而大陸實施共產主義，在「有飯大家吃」的人民公社裡一窮二白，民不聊生！

其實，國父孫中山先生認為民生主義問題，便是吃飯問題。所謂「天生一條蟲，地生一片葉；天生一隻鳥，地生一條蟲。」意即有了蟲，就有葉來養；有了鳥，就有蟲來餵。但人類除要穿衣禦寒，更要食以養生。遠在太古時期，地廣人稀，容易覓果充飢，進入遊牧和農業時代，人人得靠勞力養活自己。而工業革命之後，以機器代替人力，很多人因而失去工作沒有飯吃，甚至餓死。如今，財團更以密集的資本，加上自動化生產、廣佔市場，一般人普遍失去競爭力，想出賣勞力養家糊口機會愈來愈少，造成失業率節節高升，社會問題層出不窮。

日前，一位在廈門投資事業有成的台商幹部很感慨地說：「大陸土地取得容易、人力資源豐沛，若加上台灣的資金和技術，很多產品絕對舉世無敵，可惜政策綁手綁腳錯失商機，讓外資大舉登陸，他們提供優渥獎學金網羅青年學子，送到國外深造，人才一批批回國投入商場，各縣市招商無所不用其極，到處工地、廠房如雨後春筍林立，前景一片欣欣向榮。

反觀台灣，朝野政治掛帥，意識型態作祟，天天為統獨爭論不休，只拚選舉、不拚經濟，且勞工、環保意識抬頭，動輒圍廠抗爭，不僅外資怯步，企業也紛紛關廠；尤其，很多外省族群被辱罵是「中國豬」，很多人也把機器廠房抵押貸款，資金移往大陸另起爐灶，形同債留台灣，無形之中，台灣競爭力逐漸流失，將來怎麼辦？

值得一提的是，旅閩三千家台商，少說有十幾萬人，他們的家人大都在台灣，金門是「小三通」回家的捷徑，相關部門不但沒有提供必要的協助，還處處以高門檻設限，才叫他們心寒與氣餒！

二〇〇三年九月十三日

心安才樂透

有一天，北銀四星彩開獎，正是我的車牌號碼，當晚接到好幾位朋友來電：「你簽了沒？」

說真的，我本凡夫俗子，樂透彩發行之初，禁不住高額獎金的誘惑，也曾作過發財夢，偶而小額投注，可惜都只是「三星高照」，並沒有「五路財神」以上大獎眷顧，中小獎兌換彩券，常常「揁龜」歸零；唯獨有一次與同仁合資投注，雖與頭獎擦身而過，卻中了「五星」彩，因此，自投注以來，發財夢是成泡影，但若仔細盤算投資與報酬，應還在損益兩平之間。至於新發行的四星彩，則還沒有玩過！

有人說「樂透彩」是賭博行為，尤其是由政府委託民間銀行開辦，形同官家作莊讓民眾公開聚賭抽頭，無異為人性貪婪、一夜致富的投機心理推波助瀾，加速瓦解社會道德與功利價值，衛道人士皆認不足取。然而，有人卻認為投注是出自心甘情願，且「有中捐社會、無中獻愛心」，盈餘充作社會公益，並提供弱勢團體謀生機會，應是功德無量！

當然，「賭」是人類的天性，自古已然，於今尤烈！幾千年來無法禁絕，有錢人豪賭金銀財寶，窮人輸錢賣兒女、當棉被，甚至，「乞食搏鐵釘」，亦不足為奇。其實，中國人嗜賭名揚中外，賭具包羅萬象，舉凡天九牌、骰子、麻將、撲克牌、象棋、大家樂、六合彩、賽鴿、職棒等等無所不賭，而賭之所以迷人，在於金錢之來去，仿若一場遊戲、一場夢，所謂「一更窮、二更富、三更起大厝，四更賣袂付」。賭，被列為萬惡之首、犯罪的淵藪；嗜賭，輕則勞神傷身，影響事業前途，重則傾家蕩產，妻離子散，走向自我毀滅的道路！

或許，「小賭怡情，豪賭生悲」，個人認為簽注樂透彩，小玩無妨，當作捐社會、獻愛心，切忌求神、問卜、聽信明牌瘋狂下注；畢竟，中樂透彩的機率，真比被雷打到還小，唯有安心工作、樂於助人，家庭幸福，社會祥和，皆大歡喜，才是真正的「樂透」！

二〇〇三年九月七日

感恩的日子

今天是「九一」記者節，忝為新聞工作的一分子，最是值得感恩的日子。

說實在話，唸高中時，班上很多同學爭相在「正氣副刊」投稿，因此，每天第一節下課後，都迫不及待地跑去圖書館爭看金門日報，無非是想看投稿是否刊登；當時，拙作也曾獲老編青睞化作鉛字，大夥兒常利用星期假日，騎著腳踏車老遠跑到成功村，再徒步推著腳踏車上陡坡，費盡力氣才爬上在崗上的報社大門，只為領十來塊錢的稿費。

高中畢業後，原在醫院謀得一份助理員的差事，月薪二千三百二十元；一年多後，金門日報成立彩色印刷廠，舉辦公開考試甄選九名戰地青年，將送台灣受專門技術訓練。雖然，招生簡章書明錄取後，得簽定五年不得離職合約，且受訓半年期間每個月只有四百元零用金，其餘食宿自行料理，受訓回來以聘用技術員任用，月薪仍是二千多元。換言之，就算能考取，五年內不得升學或另謀他職，待遇也沒有比較優渥，但是，念在為方便投稿「副刊」，以及從事文化工作，所以，從醫院請假去報考，總計百餘競爭者經初試後，淘汰僅剩三十人再複試，最後幸運獲錄取，旋即辭去醫院的工作，簽下五年「賣身契」進入報社，被送到台灣學照相。

回想當初，曾耽心賣給報社五年太長，萬一適應不良將後悔莫及，卻想不到一晃眼已過了廿八個年頭；更意想不到的是，竟半路轉行從事新聞編輯，幹起日夜顛倒的長期「夜貓」工作，甚至，從三十年前副刊投稿的作者，變成審稿的編者！

當然，其間轉折的辛酸，著實不足為外人道也，但一路走來，每當困阨之際，都有人適時伸出援手，這些年來的恩師益友，那怕只是一句關心話——好話一句三春暖，亦足以永銘心版，旦夕不敢或忘！特別是際此「九一」記者佳節，能忝為新聞工作行伍，緬懷過去，不由得生起一份濃郁的感恩情緒！

二〇〇三年九月一日

面對陽光

十多年前某一個晚上，編輯主任「風衣」先生，拿著對台金鄉親新發行的「金門報導」讚嘆：「一份靠贊助的刊物，能寫得讓大家搶著看，報社就是培養不出這樣的人才！」當時，在一旁有人笑著說：「其中之一就在報社裡面，而且，他的文章還曾投進中央副刊等台灣大報！」

幾天後，我突然接到一紙調職命令，以委任五職等技士到校對組當見習生，學習報紙發行作業基本概念，因為，校對介於編輯、排版和印刷工作之間。幹校對工作，最能實地瞭解記者和作者文稿的寫法，以及編輯版面處理、標題製作，舉凡標點符號運用，文稿、圖片、人名、地名、數目、年代等等稽核，上至天文，下至地理，樣樣不可馬虎，負責把記者、編輯、排版的錯誤找出來，否則，一字之錯，報紙散發出去、收不回來，可能成笑話或無可彌補的傷害。

六個月後某晚上班，「風衣」主任突然把我叫進編輯室，拉開他的坐椅要我坐下，指著桌上的一疊新聞稿，要我接編第二版新聞；斯時，正巧兼代社長的白總編進入編輯室，主任向他報告：「經過六個月考核、訓練，今晚舉行考試！」

說實在話，當初奉命調校對，並沒有人告訴我未來有什麼安排，心裡暗忖著大概是會派出去跑新聞，因為，報社是講倫理的地方，新進的記者，依例都必須先到校對組經幾個月的歷練，才能放出去採訪，記者經實務歷練，有機會才能調升編輯，因此，突被指派接任編輯，實在是出乎意料之外，只得懷著忐忑之心接受考驗。

隔天，編輯主任要我去他家，在金城天主教堂旁的閣樓，一連幫我上了三天課，把長年新聞工作經驗傾囊相授，一再強調幹新聞守門人，為善盡社會責任，很容易得罪人，但是，無論如何都要嚴守立場與原則，勇於面對陽光，不要管出現在身後的陰影！

歲月悠悠，匆匆十餘寒暑，雖然主任蒙主寵召，提早離開工作崗位，這些年來工作上遇到困難險阻，不克繼續當面請益，但每次翻閱當年筆記，展讀叮嚀教誨的字句，心頭頓覺寬慰無比！

二〇〇三年八月二十六日

小心駕駛

記得剛考取駕照的時候，報社仍是「正氣中華報」與「金門日報」兩報一體，當時有一位李姓中校總編輯曾叮嚀：「開車上路，除了本身要遵守交通規則，最重要的是要防範不遵守、不懂交通規則的人」。

這一句話，乍看之下道理很簡單，但要身體力行，卻非常不容易。因為，「十次車禍九次快，一次是意外！」絕大多數的交通事故，皆因只顧自己前行，而忽略了左右支道的人車；如果能養成減速慢行的習慣，遇岔口能停、聽、看，不爭道、不搶道，多禮讓別人先行，很多的事故將消弭於無形！

大約是二個星期前的傍晚，我和往常一樣開車到報社上班，車抵成功村，準備右轉上報社的坡道，迎面有一部下坡車相會，我立即踩住煞車靠右停下，讓下坡車先行。兩車會車之後，我正推檔欲起步之際，突然車前右方傳來砰然巨響，有兩個男童分騎著腳踏車，從右側昏暗的巷口順坡而下，前面那部似乎是來不及煞車，直接撞上我的右側前輪，男童順著衝力飛躍上引擎蓋，臉就趴在駕駛座前玻璃。

我立即下車察看，附近乘涼的村民也圍過來，說時遲，那時快，男童已一骨碌翻身落地，趕緊扶起畢業時學校送的新腳踏車，眾人關心詢問是否受傷，但見他連聲說沒有，一見新腳踏車把手撞歪了，竟心疼的哭了起來，有一位阿伯幫他扳正之後，旋即又跨上車，迅速揚長而離去。

幸好，當時為讓下坡車先行，正準備起步，幾乎是處在停車狀態，是腳踏車相互追逐順坡而下，煞車不及自己撞上的，否則，若是我的車是在行進狀態，那麼，騎車的男童可不是自己飛躍到我車上，大概是被撞飛得老遠，後果絕對不堪設想！

這一次的驚魂，讓我更深刻體認，開車上路，真的本身要遵守交通規則，更要防範不遵守交通規則的人，以及不懂交通規則的孩童，才可保平安！

二〇〇三年八月十九日

漫話漫畫

按時下流行的算法，我是四年級生，童年在敵人砲火下，鄉村裡還沒有電，也沒有電視或報刊雜誌，更不知漫畫書是何物；直到國小將畢業那年，學校的文化走廊貼出國語日報，上頭常有「淘氣的阿丹」、牛哥的「牛伯伯打游擊」和劉興欽的「阿三哥」、「大嬸婆」漫畫，為小朋友所喜歡。

我的孩子是七年級生，他們的童年，不但有電視、還有故事書和漫畫冊；未上學之前，他們終日守在電視機前看「哆啦A夢」，陶醉在「小叮噹」的世界裡。隨著年歲增長，他們上學識字，接觸電腦，汲取新知識領域擴大，不再侷限於卡通影片；在學校裡，同學間有巴掌型的漫畫書相互傳閱，放學後還相約流連漫畫屋，甚至，書包裡偶而還藏有租來的漫畫冊。

當然，這是「分數」的時代，孩子能不能考取好學校，決勝於塗在電腦閱卷卡上的筆跡。但是，這也是多元學習的時代，世界已仿如地球村，孩子靠熟讀課本教材，已不能滿足求知慾，也不符興趣和志向，對開拓未來生涯不一定有所助益，因此，鼓勵孩子多涉獵課外讀物，多角度廣汲新知，活學活用才能順應時代潮流。雖然，漫畫會令孩子著迷，影響功課，且當下熱門漫畫盡是桃太郎的天下，充斥日本文化，幸好題材已不再侷限於打鬥暴力，已漸趨於結合豐富的新元素，頗具趣味與知識性。孩子接觸漫畫，已不一定會荒廢學業和變壞，反而能增廣見聞，啟迪心智，亦是孩子追求知識的另一道泉源。

事實上，孩子會讀書、會考試很重要，但懂得為人、處世更重要；尤其，社會上處處是陷阱，一個不小心就受騙！日前，在編輯桌上處理一則「誤信中獎簡訊，女大學生失財」的新聞，不禁搖頭感嘆，因為，詐騙新聞電視、報紙天天大幅報導，提款機前都貼有大字警語，竟還有大學生上當，莫非真的「書讀佇胛脊」？我的孩子功課雖不是頂尖，但他們絕對不會輕信世界上會有鈔票從天上掉下！

二〇〇三年八月十四日

祝福與感謝

今天是一年一度的「八八父親節」，特擴版出「父親節特刊」，向普天下偉大的父親致敬，祝福佳節快樂！

坦白說，今天「慶祝父親節特刊」能順利出版，實在是在意料之外。因為，三天前，心想父親節即將來臨，「哀哀父母，生我劬勞」，普天下的父母，對子女的愛是同樣地偉大，既然五月第二個星期天的「母親節」出特刊，父親節也應比照辦理。

然而，繼之一想，在傳統的觀念裡，父親在家庭中泰半扮演管教的「黑臉」，所謂「不重則不威」，於是，嚴父和孩子間普遍存在一道無形的鴻溝；不像母親從懷胎、哺育到洗衣、燒飯，照顧孩子無微不至，母性慈暉，備受歌頌禮讚。尤其，近年來在商人推波助瀾下，每年的母親節被炒得火熱，相對於父親節，就冷落多了。

因此，想要出版「父親節特刊」，稿源可能是最大的難題，原本不敢抱持太大希望，僅是姑且一試的情況下，發出幾則「伊媚兒」，想不到隔天即收到三篇來稿，第二天再收到一篇，且另一位作者因臨時有要事，一時無法立即動筆，應允無論如何在截稿前趕出來，有了來稿，擇定今天以整版刊載慶祝父親節文稿，讓作者發抒對父親的崇敬與追思，兼而向普天下偉大的父親賀節。

當然，展讀幾篇來稿，父親健在者，述及父子情深，雖然不克時時承歡膝下，但仍祈願老人家日子過得健康、自在；而父親已不幸往生的作者，回憶兒時在父親懷裡的甜美，失去了父親，只能「寄思念到夢中」。或許，為人子女，對父親的敬愛和懷念，早已蘊藏在胸臆之間，動起筆來一氣呵成，真情流露的篇章，讀來令人眼眶湧現一陣又一陣的濕熱！

今天，欣逢一年一度的「八八父親節」，願誠摯地祝福普天下的父親佳節快樂。此外，浯副作者群及時「提筆相助」，使父親節特刊能順利出版，在此一併說聲「謝謝」！

二〇〇三年八月八日

望海生憂

最近公、私兩頭忙，我很少回海邊的老家，偶而驅車回去，總喜歡登上樓頂，眺望屋後十公尺外，那一片潮起潮落的海灘。

以前，軍管下的海岸，佈滿鐵絲網和帶刺的瓊麻，而且，管制區內埋藏著各式的地雷，地雷與地雷之間，還用肉眼不易察覺的鋼絲串連，人畜誤闖，不論是直接踩到，或由鋼絲絆倒都會引爆，非死即傷。因此，在雷區的田地不能耕作，祖墳被荒草所掩埋，村民只得憑「蚵民證」由管制哨下海捕魚或採蚵；海，被層層圍護著。此外，海岸幾百公尺就有一座獨立班、排據點，偶而實施防護射擊，曳光彈齊飛，火網在海面綿密交織，連一隻蚊子也飛不進來！

小時候，到海灘拾蚶撿貝、或捉蟹捕魚，只要天候晴朗，配合潮汐，都能滿載而歸。然若遭遇高級長官蒞金的「高賓演習」、或抓逃兵的「雷霆演習」，軍方都會管制漁蚵民出海，每每坐失撈捕的好時機，入網的魚兒不是被海鳥吃光、就是經豔陽曝曬失鮮。而且，也常因夜間管制海上作業，有時眼看著滿網魚蟹，卻因夜幕籠罩，管制哨敲鐘聲聲催，漁蚵民若不趕快回到岸上，可能遭開槍射擊，不得不放棄入網的魚蝦。

的確，軍管限制漁蚵民海上作業，造成諸多不便，讓漁蚵民平白損失，可是，近年來，兩岸關係和緩，海防部隊撤離，岸邊鐵絲網消失了，對岸船隻如入無人之境，他們無分晝夜，登堂入室在岸際做買賣，或是炸魚捕蝦、或成群結隊在海灘拾蚶撿貝。甚至，夜間海灘也火光點點，他們用手電筒在搜捕雛蟳，金門的沿岸海域，不但遭濫捕、濫炸致魚源枯竭，海灘也早已不見蟳蟹蹤跡。此外，經常可見三五成群的大陸漁民公然破壞「軌條砦」，搬走那一截截矗立海灘的鋼軌，聽說一條可賣五十元人民幣，足夠他們一家人好幾天溫飽。

自從離鄉在外寓居，每次回到海邊的老家，我總喜歡登上屋頂，緬懷往日在海灘打滾的歲月，忍不住開始憂心起來，海域資源枯竭了，不久的一天，「軌條砦」恐怕也將很快消失無蹤！

二〇〇三年八月一日

稚子何辜

三年前，地區試辦五年「自學方案」，即國中生在學成績每班分成「九分制金字塔型」，頂尖的一人最高為九分，依序壘疊而下；升學時，在學成績佔百分之七十，聯考成績只佔百分之三十。

而我家「大犬兒」躬逢其盛，卻因平日熱衷電腦程式設計，荒廢家庭作業，特別是美勞、工藝、及大、小楷書法，更懶得書寫，因而在學成績偏低，雖聯考成績比高中最低錄取標準還多出六十餘分，仍不幸落榜，只好隔年重考。

今年，教育制度又大改革，「高中多元入學」方案制度下，學生依基本學力測驗中請入學、甄選入學、和登記分發入學。而家中「二犬兒」又巧逢國中畢業，第一次學測英語科滿分，總成績二百二十幾分，但因不曾當過幹部、或參加校外比賽前三名，不得參加首階段推甄入學，被排除在國立金門高中首梯次一百零八名錄取名單之外，只得參加第二階段申請登記分發入學。

當然，這一系列教改，目的為「打倒升學主義、減輕升學壓力」，但一道道「教改大餐」，不但讓學生、老師無福消受，也令家長無所適從；「自學方案」以常態編班、固定配額五分制計分方式，搭配三年在校成績，解決聯考「一試定終身」的偏頗，卻衍生學生惡性爭逐、墊底者自暴自棄，非但無助五育並進，反而失去敦品勵學的機會，終於改弦易轍。可惜，新推出的「多元入學」方案，似乎方便有「錢」或有「權」人惡補才藝，當作入學的捷徑，相對於一般窮苦人家，因而失去許多公平競爭的機會！難怪教改十年，不但補習業成長五倍，教師無所適從爭相退職，百餘教授學者看不下去，聯名發表萬言書痛加針砭！

我只有二個孩子，前後三年歷經二次教育大改革，他們被當成教改實驗的「白老鼠」，能不令人感慨稚子何辜？

二〇〇三年七月二十七日

刷卡買金酒

行政院為落實公務員休假制度，鼓勵於離峰時間從事國內旅遊，因而推動「國民旅遊卡」，以「旅遊消費」取代一萬六千元「不休假獎金」；希望藉以帶動全民非假日旅遊風潮，活絡地方休閒產業，刺激消費提振景氣，增加就業機會。

認真說，「國民旅遊卡」出發點是不錯，但由於規定需「異地隔宿」消費，配套措施不足、指定特約商店太少，特別是核銷手續繁複，種種限制，剛開始實施時，造成許多公務人員無所適從。

據報導，旅遊卡實施以來，全國公務員已有五分之四完成刷卡消費，但其中大部份是刷卡買黃金，買後立即賣出，形同變相拿現金。所以，七月起中央已明令禁止。而金門特約刷卡商店不少，可是，大部份是觀光特產及餐飲店，如何兩天之內把一萬多元花掉吃光，確是一件苦惱的事，因此，環顧周遭的公教朋友，很多人都還未開卡，也不知道到那裡消費結報？

前些時候，聽說地區也有刷卡直接兌換現金。本來，我也認為若能扣除少許手續費換得現金，不失是一個可行的辦法。但繼之一想，萬一那家特約店被查出變相刷卡消費，自己也在名單之中，豈不因小失大？

幸好，在一個偶然的機會，聽說金門酒廠「職工福利社」可以刷卡消費，不但無需耽心買到假酒，也不怕虛偽造假惹麻煩。因此，趁著連續兩天假，我持卡到金酒公司新廠，以一萬六千元消費額，另再增加八百元，分兩天買了四箱特級酒，第一天兩箱付三百六十元交貨運行托運去台灣送給親友，隔天的兩箱拿回家給老爸品嚐，了卻一樁心事。

其實，以「國民旅遊卡」刷卡買金酒，既合法消費，又可增加縣庫收入，對鄉親都有好處。值得一提的是，「職工福利社」兩位銷售員，其服務熱忱與敬業精神，讓人耳目一新，公家單位能「服務至上、以客為尊」，實在不可多得！

二〇〇三年七月二十一日

投書原則

日前一個深夜，大地早已進入夢鄉，只有成功崗上新訊樓依舊燈火通明，同仁仍聚精會神趕出報，突然有位鄉親打電話到報社要找記者，表示因行車問題挨揍，揮拳的陌生人逃之夭夭，希望記者到場採訪作見證！

是的，讀者有知的權利，記者負有報導社會真象的責任，但報社採訪、編輯和印刷作業，有一定的程式和時限，雖然，記者採訪工作無分晝夜，屬於全天候待命，那裡有突發新聞事件，都搶在第一時間趕赴現場拍照、記錄實況，作第一手消息傳播。

其實，類似人與人之間的紛爭，若沒有造成傷亡成重大刑案，都屬於傷害「告訴乃論」案件，與社會大眾沒直接利害關係，欠缺新聞報導價值，何況，發生在三更半夜，已超過截稿時間！

當然，報紙對外發行，能引起讀者關注與迴響，願意隨時提供新聞和批評，象徵報紙有人看，凸顯其存在價值。然而，夜間上班時刻，記者白天跑出來的新聞稿陸續傳回報社，編輯處理後經打字、排版、校對、製版和印刷，像接力賽一棒接一棒跑下去，趕在天亮之前把報紙分送到讀者手裡，其間分秒必爭，一刻不容稍怠。然而，作業期間，我們常接到一些投訴電話，議題從統獨意識型態之爭，到鄰居雞犬相聞，林林總總不一而足，其共同點是要求「來話照登」，實在令我們無福消受！

說實在話，這是一個多元開放的社會，理應包容各種不同聲音，任何人有意見要表達，報社都非常歡迎，我們闢有「言論廣場」版，除了每週二定期出刊，也因應實際需求，採不定期機動「加班」版面。此外，若有急迫時效性文稿，更會採「來函照登」在新聞版面見報，但限以文字投書，而且務必要附真實姓名、身分證字號、詳細住址和聯絡電話，我們在查證真有其人其事之後，才能決定是否刊登，因為，站在報社的立場，是對廣大的讀者負責，必須審慎客觀處理，並非所有「來函」都能「照登」，不是嗎？

二〇〇三年七月十五日

保護生態資源

唸高中時，住在海邊漁村的老家，寒、暑假常為打工賺學費，幫人扛網下海捕魚，因每天跟隨老漁夫在海裡打滾，除了學會潮汐時刻換算，也對沿海資源生態略有所知！

當時，我們用大約一個指頭粗孔的魚網，捕撈鯔魚、黃赤、黑鯛、馬加、七星鱸魚的迴遊漁群，以及蝦子、螃蟹。記得老漁夫曾說過，金門西海岸迴遊漁群很多，主要是因南宋末年，陸秀夫背著八歲的小皇帝，被元兵追到閩南跳海殉國，皇帝死後身上長的蛆，變成「勿仔魚」，吸引大量魚群逐食，形成大魚吃小魚的食物鏈，因此，金門沿岸海域魚群活蹦亂跳，每回下網，都能輕易捕獲滿簍魚蝦螃蟹而歸。

的確，勿仔魚沒有骨和刺，含大量鈣質、營養豐富，煮海鮮粥時放一把，最是甘醇可口，令人百吃不厭。特別是香辣的勿仔魚罐頭，也是飯桌上最佳的佐料。但是，以前吃有勿仔魚的海鮮粥，心裡總覺得是在吃皇帝身上的蛆，也每每想起隨老漁夫下海捕魚打工的歲月。

然而，日前讀到一則研究報導，才得知勿仔魚是兩百多種魚類幼苗的統稱，平時我們一口吃下幾十條勿仔魚，那不是單一魚種，更不是傳說中南宋末年小皇帝死後長的蛆，而是吃掉未來的漁產資源。由於近年來紗窗網目漁具及捕撈技術不斷精進，搭配加裝雷達探測器的雙拖網大肆撈捕，把魚苗摧殘殆盡，嚴重破壞海域漁產資源，難怪沿海魚源枯竭，許多漁民空有漁船無以維生，鋌而走險幹起走私的勾當，戕害社會治安。

所謂「天作孽，猶可違；自作孽，不可活！」人類為滿足口腹之慾，天上飛的，除了飛機；地上爬的，除了汽車，其餘的只要能塞進嘴裡，都可以抓來吃，正是「有毛的，吃到鬃簑；無毛的，吃到秤錘；有腳的，吃到樓梯；無腳的，吃到桌櫃！」連魚苗也趕盡殺絕，造成魚源枯絕，漁村經濟一蹶不振，若不立即禁止濫捕勿仔魚，我們的子孫將沒有魚可吃了。

拒吃勿仔魚，共同保護海域生態資源，就從現在開始！

二〇〇三年七月九日

當省則省

隨著使用者付費時代的來臨，屬於服務業的金融機構自是不能例外。以前，銀行與客戶之間業務往來，若屬內部作業，客戶無需付費，諸如提款卡掛失或毀損，只要帶印章補辦，銀行幾乎都是免費服務。而今，統統要酌收手續、工本費。更奇特的是以前跨行匯款，只收三十元手續費，現在若用存摺轉帳，手續費不變，可是，若用現金跨行匯款，則需一百元手續費，匯同樣的款額，從口袋裡掏出來的和已寄放在銀行的錢，同樣是中華民國通行的新台幣，來源不同手續費就相差二倍多。據行員表示，其目的是鼓勵客戶少用現金，應與市面偽鈔氾濫有關，行員怕一不小心收到偽鈔，損失不貲；但是，銀行這樣怕事的作法，似有吃定客戶的嫌疑，因為，有誰時時隨身帶存摺，何況，逼客戶先把錢存入戶頭，再填單辦轉帳，豈非多此一舉？

其實，我要說的重點不在這裡，而是想告訴經常投稿的朋友，近年來郵資連番高漲，銀行也幾乎樣樣收服務費，而稿費卻無法調升。尤其，處在不景氣的大環境中，通貨嚴重緊縮，想多賺一塊錢都不容易，因此，投寄稿件，儘量使用電子檔傳輸，不但方便快捷，又可省下郵資。若真的不會打電腦，還得用筆爬格子，交寄務必貼足郵資，未貼郵票或超重郵件，讓報社受罰有欠公平，作者最好先影印自留底稿，或附貼足郵資信封，否則，報社實在無法退還大作！

當然，被擇優選用刊登的稿件，報社將付稿酬。就目前狀況而言，作者若附土銀或台銀帳戶，稿費直接劃撥，無需手續費；若附其他金融機構帳戶，都需三十元手續費。倘若作者未附任何帳戶，則寄發稿費需先花三十元購買匯票，再花二十五元買掛號信封。換言之，如果刊登的是一篇短文，恐怕「轎錢卡重聘金禮」，這筆額外的支出由報社承受，確實是一項不必要的負擔，所謂「當省則省」，還請投稿的朋友多多幫忙配合！

二〇〇三年七月三日

擇稿方向

有讀者來信問，浯江副刊擇稿方向是什麼？

我很肯定地回答，「金門日報新聞網」上線之後，浯島新聞及副刊文學作品傳播到世界上每一個角落，海內外鄉親及關心金門的朋友，不只天天在看，而且，長長久久都能查閱。所以，為凸顯金門地方報的特色，滿足讀者們的需求，擇稿方向首重與浯島風土民情有關，特別是深具人文與歷史價值的文稿，當優先擇用刊登。

的確，金門自唐貞元年間，陳淵入浯開疆牧馬以啟山林，歷經朱子教化，島上文風鼎盛、科甲聯登，確是一個有歷史、有文化的地方。而金門這一部歷史，是靠所有浯島子民代代傳承，用筆去記錄點點滴滴走過的足跡；用鏡頭捕捉一頁頁生活的片斷，而今天，「浯副」應是最好發表的園地，也當好好扮演這樣的角色！

當然，一份報紙要讓讀者有參與感，讀起來身歷其境，才能吸引長期閱讀。而副刊的型態，雖自主於新聞版之外，其內容、形式、結構，在在有別於正刊自成天地，提供另一個讓讀者休憩、抒發的園地，舉凡文藝小說、散文、及詩歌創作等等，容納範圍無所不包，但其精神與新聞版面一樣關注社會、反映人生世態，甚至，虛擬的副刊文學，有時還比新聞更接近社會真象。

浯江副刊源自「料羅灣」和「正氣副刊」，一脈相承走過五十餘載春秋歲月，秉承前輩打造的根基與風範。因此，擇稿的方向，念茲在茲以浯土浯民為主要考量，祈望讓廣大鄉親讀來更具參與感，擁有那麼一份身歷其境的感覺，庶幾有助拉近鄉心、維繫鄉情，浯島子民不管走到天涯海角，仍不忘故土家園。

其次，當下網路資訊無所不包，有心人只要操動滑鼠，即可輕易下載文情並茂的作品，若再附個化名和假身分資料投寄，編輯是人、不是神，既無法閱遍天下文章，也不克查證作者真實身分，一個不小心，很容易被騙上當！所以，選擇與金門風土民情有關的文稿，正是最好減抑抄襲的最好辦法！畢竟，倘若不小心採用抄襲的文章，挨悶棍事小，侵犯智財權之責任，才是最大的隱憂！

二〇〇三年六月二十七日

我的第一部車

小學畢業那年，金門仍烽火連天，農村到處斷垣殘壁，學童十之八九光著腳丫，能買得起腳踏車到鎮上唸國中的並不多。因此，長得比步槍高的男同學，爭相報考第三士校當兵吃白米飯；而我，身材又瘦又小，只得留在家裡繼續喝地瓜粥。

雖然，我幸運搭上九年義務教育的第一班車。但是，父親是民防自衛隊員，在一次碼頭出運補岸勤，遭對岸砲彈片擊傷，不能幹粗活；母親體弱多病，而且，家裡還有一群嗷嗷待哺的弟妹，溫飽都成問題，豈有閒錢買腳踏車去鎮上唸國中？

村子裡同班的阿狗，同樣因身材矮小被拒於士校門外，可是，他到鎮上腳踏車店當學徒，雖常弄得滿身油漬烏七八黑，但偶而騎著腳踏車回家，真是神氣極了。阿狗答應往後車店若缺學徒，願幫我向老闆推薦。

因此，我在家裡苦苦等待去車店當學徒的消息，有一天，獨自坐在門庭前的海堤上，面對著大海和故國河山遐想，一群海鷗在退潮的海灘翱翔爭食，我好奇地走近瞧瞧，不經意間，瞥見泥中蚌殼迅速關閉吸水口，順手往泥沼一摸，竟摸出一顆「血蚶」，於是，沿著水邊繼續尋找，約莫半小時光景，拾得滿滿一空罐的血蚶。

隔天清早，我走了三公里的路到市場，把「血蚶」擺在路旁販售，一家餐廳的老闆以十五元全部買下，還囑咐以後直接拿去店裡賣他。據說，血蚶營養滋補，是一道很名貴的佳餚，專供到金門參訪的高級貴賓食用。

此後，每天我守在岸邊，等海水退潮在泥灘撿拾血蚶。果然，一個暑假下來，總共撿拾血蚶賣得三百多元，到車店買了一部中古腳踏車，開學的時候，我騎著一路喀喀作響的愛車去上學，實現心中的夢想！

時光飛逝，一眨眼的工夫，三十幾個寒暑過去了。這段日子裡，我順利升學、就業，曾買過兩部新的機車，也換過二部新汽車，但無論如何，那部靠撿拾血蚶換來的中古腳踏車，那鏽蝕斑斑的影像，一直烙在腦海深處，至今永難忘懷！

二〇〇三年五月二十九日

機會不再來

日前，在台灣的朋友用「伊媚兒」轉寄一篇很有啟示性的文章給我，仔細展讀之後，確實深受感動！

那是監獄的「最後一堂課」，一位退休的教師在監獄當輔導義工，應監獄臨時通知，特別為一批即將出獄的受刑人講「最後一堂課」，希望提出一些叮嚀與期待。

當輔導教師站上講台，才發覺學員是一位由兩名戒護人員全副武裝陪著的犯人姍姍來遲。犯人身加腳鐐、手銬，外加拖著沉重的鉛丸，那是監獄裡防止受刑人脫逃最嚴密的措施。刑犯學員進入教室後，很有禮貌地向老師深深一鞠躬，然後端坐在後面的空位聆聽。

輔導老師發覺情況不對，捨棄原來的講題，臨時用粉筆在黑板寫上「順從命運，打拚奮鬥」為題。五十分鐘一堂課，下課鐘聲響起，重刑犯站起身來，向老師深深一鞠躬後，拖著沈重的腳步離去。

幾天後，老師收到一封信，正是那位重刑犯槍決前寫的，信中感謝老師能幫他上「最後一堂課」，並表白曾是老師在國中教書時的學生，最愛上老師的國文課，由於家庭因素叛逆成性，上課時還曾溜出校園外農田偷摘木瓜，雖逃離現場沒有被人贓俱獲，但仍被農夫指認出來，還是老師掏腰包代為賠償了事，後來因輟學在外流浪，結交損友打架滋事，犯下殺人重罪，因曾看見老師到獄內上輔導課，臨死前表明是老師的學生，請求死前最後一個心願，就是再聽老師上一次課，獲獄方成全。他仔細聆聽老師課堂上的每一句話，後悔以前沒有用心聽課，才會鑄成大錯，如果下輩子有機會，依然要當老師的學生，好好做個對社會有用的人。

當然，輔導老師收到這封信的時候，那個曾是學生的重刑犯，已接受國法應有的制裁，一節監獄輔導老師的最後一堂課，一封重刑犯最後的告白，娓娓道盡人生每一句話和每一個作為，不但關係自己，也深深影響別人。或許，這只是文人筆下虛構故事，但深具教化意義，特轉述以饗讀者！

二〇〇三年五月二十七日

較受歡迎的文章

每次拆閱作者投稿信封或電子郵件，有幸能當第一個讀者，心裡總有一份「先讀為快」的期待，更企盼能是一篇好文章錄用刊登，以饗廣大讀者！

的確，任何一個伙房的掌廚者，都希望選用最生鮮的魚肉、蔬菜和佐料，作出色香味俱全的大餐，滿足饕客口腹之慾，飽餐之後口齒留香，回味無窮；同樣的，任何一個編者，亦祈盼選用文采並茂的文稿，讓讀者產生共鳴「拍案叫絕」，或讀後覺得言之有物，而發出會心的微笑！

事實上，報紙由客戶花錢訂閱，副刊文章就是商品，只有夠水準的作品，才能激起消費者的購買慾。換句話說，編者要負起嚴格把關的責任，讓「不好的文章進不來，也出不去」，也就是凡涉嫌抄襲模仿、已結集出書、或藉機打廣告自我推銷，以及陳腔濫調八股說教的文稿，都避免選用。雖然，所謂「文從胡扯起，詩從放屁來」，但總不能太離譜，一些不知所云的作品，將難逃被退稿或丟進垃圾桶的命運。

當然，自古「天下文章一大抄，只是技巧高不高明」，過去可以瞞天過海，現在被舉發抄襲，將要負法律責任，因此，編者最怕的就是抄襲，因為，編者是人、不是神，任誰都無法看盡天下文章，被矇騙在所難免，所以，任何刊物發覺作者涉及抄襲，即列為拒絕往來戶，文稿永不錄用。

誠然，每一家報社，都有自己的編輯方針，金門日報是地方報，最需要報導的是與這塊土地和人民有關的消息，舉凡與浯島風土民情有關的文稿，不論是緬懷過去的思古幽情，或是憧憬未來的遐想創作，副刊版面皆敞開大門歡迎。特別是溫馨饒富鄉土人情味的故事，用最淺顯的文字表述，不拖泥帶水、不堆砌詞藻，讓老少咸宜，大家都看得懂，而且，看了文章頭，還想一口氣把它看完，看完這一篇，還期待下一篇，或許，文章的好壞，個人有不同的解讀和詮釋，但唯有登出來有人願看、願讀，那才有價值、有意義，不是嗎？

二〇〇三年五月十七日

今非昔比

小時候，放學後丟下書包，背起籮筐，拿著鐮刀上山割牛草，或拿起耙子，到馬路邊行道樹下，耙取木麻黃的針葉回家當柴火燒。

當時，農村家家養牛，耕牛白天馳騁阡陌，夜間休息要餵食宿草，隔天才有力量耕田拉犁，由於金門實施「一斤高粱、兌換一斤白米」政策，農村勞力充裕，每一寸能耕種的土地，都被闢成高粱田，所以，幾乎沒有荒地可長雜草，要割一籮筐青草，讓牛有個豐富的晚餐，真需要費一番工夫！

同樣的，砲火下的農村，家家用灶燒柴煮粥，每到向晚時分，聚落上空炊煙裊裊，饒富詩情畫意。然而，煮一頓粥，差不多要燒一籮筐草，而路邊木麻黃的落葉，燒起來煙少火旺，成為伙房的最愛，每天天未亮，馬路邊的行道樹下，早已人影幢幢，爭相背著籮筐耙落葉，難怪金門的馬路乾乾淨淨，為中外訪客所稱頌，除了歸功駐軍劃分責任區維護，百姓爭相耙落葉，亦是功不可沒！

記得當年與同伴背起籮筐上山，無論是耙草或割草，總喜歡徘徊在軍營鐵絲網外，覬覦裡面落葉滿地，草長及腰，常常趁阿兵哥不注意的時候，偷偷爬過鐵絲網，都能輕輕鬆鬆裝滿一籮筐背回家。

其實，當年喜歡溜進軍營裡，還有另一項重要的目的，那就是可以在垃圾坑撿到勝利之光、革命軍、新文藝和文壇月刊等雜誌，有小說、散文可看，雖常是一些斷簡殘篇，卻仍如獲至寶研讀再三，還可帶去學校與同學分享！

回想砲火下的童年歲月，沒有電，也沒有電視機。除了課本，從軍營垃圾坑撿回來的刊物，就是唯一的課外讀物，藉以滿足求知的慾望。如今，我的孩子，他們放學後不必幫忙家務，擁有好幾個文庫的故事書、唾手可得的報章雜誌，也可藉搖控器選擇數十個頻道，遊目騁懷放眼天下，亦可敲下幾個搜尋按鍵，幾萬筆資訊任憑擷取，想想兩代之間僅隔三十年，所受資訊條件天壤之別，怎不令人有「今非昔比」之嘆！

二〇〇三年五月十一日

把握人生機緣

民國六十四年，我在醫院謀得一份「血絲蟲病防治」檢驗助理員的差事，由於血絲蟲白天隱藏在心室瓣膜，夜間始出沒血管末稍，希望藉蚊蟲叮咬達到傳播的目的，所以，只能夜間實施採血，才能檢驗出帶原者！

因此，白天上班除檢驗玻璃片，偶而到鄉下捕捉蚊子和孑孓，真正工作是在夜間。當時，正值「國、共」兩軍重兵緊張對峙，海峽兩岸處於「單打雙不打」的狀態，雙號晚上八點之後，工作小組巡迴各村裏實施採血，單號晚上則休息不外出，隨時準備躲防空洞。

因為，我不是唸醫藥的，衛生署「金門地區血絲蟲病五年防治計劃」是臨時性組織，醫院非我久留之地，所以，無事時我都在檢驗室溫習功課，準備重考大學，或攤開稿紙塗鴉賺稿費。正因檢驗室緊臨X光室，而負責放射的人員突有人因故離職，只剩一人長期全天候值班，面對各種砲戰傷患急診，一步都不能擅離職守，但人總要休假、睡覺，或處理私人事務。所以，他願把技術傾囊相授，有時候代個班，最起碼，也能多一個幫手。

不久之後，當我可以獨立作業，足以面對各種處方，「師傅」突奉命赴台到大醫院深造，留下我全天候值班。

有一天下午，是國內知名作家、政論家的金門日報社社長繆綸先生到醫院看診，醫師帶他去照片，我迅速操作機器完成胸腔攝影，就在等候X光片定影的當兒，繆社長看到我桌上有寫過的稿紙，閒聊之後得知我是副刊的作者，一面之緣，想不到又過了個把月，報社成立彩色印刷廠，招募戰地青年赴台實習專門技術，我也去報名應試，一進口試室，即被擔任主考官的繆社長一眼認出，因其中正好有一個專門照相的職缺，我已有暗房作業經驗，獲得優先錄取。

豈料，就這麼一晃眼，二十八個年頭過去了，一次的巧遇，成了一輩子的轉捩點，能說不是機緣嗎？

二〇〇三年五月五日

夜貓新愁

記憶之中，自祖父以降，家裡沒有胖子，大都瘦如竹竿，天生就是一副標準窮苦人家的模樣。

以前，農村莊稼人家，春耕夏耘，終日縱橫阡陌之間，就算風調雨順、五穀豐登，但扣除苛捐納糧，一家老小能四季溫飽者，並不多見，長期勒緊褲帶的結果，普遍瘦骨嶙峋、體弱多病，只有家裡錢多事少的人，才會有腰圍、長下巴，那是所謂的「發福」，也是發財的表徵，人人欣羨的對象。

當然，小時候，三餐喝地瓜粥，只有過年才能買斤五花肉應景，若說「三年不知肉味」，一點也不為過。因此，兒時曾夢想有朝一日，也能常常有肉吃，更企盼能長胖「發福」，跳脫瘦皮猴的窮酸相。

豈料，這個「長胖」發福的心願，在年逾不惑之後悄悄實現了，不但一些舊衣褲已不能穿，很多朋友碰面，都喜歡指著腰圍調侃一番，不外乎「升官」啦！「發財」啦！幸好，「嘴闊吃四方，肚大奇財王」，別人的調侃，切莫當真！

其實，若說「福隨胖至，財跟肥來」。那麼，我發的大概只是小財，因為，同仁之間，我的「腰圍」還算小巫見大巫，畢竟，大家長期上夜班，上班時分秒必爭趕出報，一口氣忙五、六小時以上，凌晨一、兩點才拖著疲憊的身子回家，飢腸轆轆，家人早已入睡，只得找冰箱裡晚餐的殘羹剩飯「微波」果腹，所謂「吃飽睏，圓滾滾」，不胖，很難！但是，如果怕胖忍飢挨餓枵腹入睡，不得胃病，更難！

誠然，人體五臟六腑，夜間都在休息，長期熬夜、日夜顛倒工作，絕對不利健康，除了記憶力容易衰退，引起頭痛、自律神經失調，更易得老人癡呆症。但是，那些似乎還很遙遠，因為，擺在眼前的事實，幹了近三十年公務員，依舊兩袖清風，口袋空空的「瘦皮家族」，竟也會發胖，雖能跳脫窮酸相，但發胖不發財，確是夜貓引以為憂的新煩惱！

二〇〇三年四月二十九日

看好的一面

阿德結婚了，接到請柬獲知喜訊，真為他感到高興，因洞房花燭夜，與金榜題名時及他鄉遇故知，同是人生大喜事，值得慶賀一番！

因此，傍晚時分，我專程開車去沙美，致上一份薄禮，在紅綢布上簽名祝賀，未等喜宴酒菜上桌，旋即匆匆趕至報社打卡上班。因為，最近上、下班打卡全程錄影，沒有人敢怠忽職守！

坦白說，近年來我很少出席喜宴，但阿德是我小學同班同學，難得他年近半百才「小登科」，在金門的同學剩沒幾個，焉有不去祝賀之理？特別是與阿德自小學一年級即同班，經常緊鄰而坐，一起玩彈珠、一起打陀螺；小四那年，兩岸軍事緊張對峙，金門漫天烽火，阿德差不多只有一支步槍高，即響應號召報考第三士校，披上「從軍報國」的綵帶，在全校師生的歡送下「投筆從戎」。

此後，沒有同學見過阿德，偶而靠口耳相傳，得知他少許片斷，人生的旅途走得並不順利，聽說在軍中出了事被判刑，越獄逃脫又惹上麻煩，曾進出過幾次監獄，儘管三十幾年未謀面，在知天命之年突然不期而遇，大家一見如故，重溫往日同窗情誼！

當然，早在三千多年前，孔老夫子就在「學而篇」裡提及：「無友不如己者！」可是，我卻深深覺得，朋友相交貴在知心，絕不是權位財富高低之比；與其去卑躬屈膝錦上添花，倒不如雪中送炭相互扶持！

總之，每個人都有光明好的一面，阿德是我的小學同學，不管他的是非成敗如何，已改變不了曾是同窗的事實，倘若今天他位高權重家有喜宴，雖近在咫尺，我可能不會去湊熱鬧，但是，難得老同學走過人生大半輩子，好不容易找到有緣人，將攜手共渡一生，這樣的婚禮，就算風雨路途遙遠，也該親自送上一份祝福，才不枉曾有一段玩泥巴的童年情誼，不是嗎？

二〇〇三年四月二十二日

一時風，駛一時船！

十年前，初次接編「言論」版，常被真情投書感動得熱淚盈眶；去年再回鍋「重作馮婦」，自以為年逾不惑，淚泉早已乾涸，想不到日前處理「代課教師的心聲」投書，從字裡行間感受雖連續代課十年了，每年暑假還得再參加甄試，擠破頭去角逐有限的名額，仍不自覺感到眼眶一陣濕熱！

的確，金門自古地貧人瘠，男丁大都「落番」討生活，只有有錢人才能從內地聘老師教孩子識字。國軍退守金門之後，政府整軍經武，也逐步開辦國民義務教育，然而，師資奇缺，只要初中畢業，經過一年簡師訓練，即為正式教師！

或許，算起來我是天之驕子，幸運搭上國民教育的列車，沒有淪為目不識丁的「青瞑牛」，又逢延長九年義務教育直升國中！然而，當年全國同時延長九年義務教育，國中師資嚴重不足，金門唸大專的人鳳毛麟角，很多科目找不到老師，泰半由隨國軍來台的退伍軍人轉任，上起課來南腔北調、吳儂軟語，儘管講得口沫橫飛，學生卻形同「鴨子聽雷」！特別是英、數、理科幾乎找不到老師，大都由軍官支援，年輕的預官或官校畢業生，國語非常標準，最受同學們歡迎，只可惜常常因軍事任務缺課、或因部隊輪調一再換人。

上了高中，情況也好不到那裡，戰地政務軍管體制下，師資仍不健全，依然有很多軍職轉任。記得高二那年有位上校退役國文老師，只會照課文唸和字面解釋，於是，有一天，他把飲馬長城窟行的「客從遠方來，遺我雙鯉魚，呼兒烹鯉魚」，直接解釋成：「有客人從很遠的地方來，送我兩條鯉魚，兒子呀，快拿去廚房煮吧！」斯時，全班的同學都笑歪了，他仍不知道「鯉魚」就是書信，還叫班長起來問：「大家笑什麼？」

所謂「時代在變，環境跟著不同！」如今，受過完整養成教育的師資，卻因人浮於事，求職無門，莫非真是「一時風，駛一時船」，不可同日而語！

二〇〇三年四月十六日

春耕夢遠

四季輪迴，節氣更迭，農曆新年過後，雨霧潤濕大地，花草萌芽吐蕊，燕飛鳥語，萬物甦醒展生機，正是金門民間所謂的「清明穀雨，萬項攏作母」！

清明時節，魚產卵、鳥生蛋，農人忙播種。從前，中國以農立國，清明節學校放春假一星期，除了讓學子返家祭祖掃墓，陶冶慎終追遠、民德歸厚的性情，也讓學子參與春耕播種，養成勤勞的美德！

其實，人間四月天，鄉村閒人少，除了「夜裡南風起，小麥覆隴黃，農人收麥忙」，而且，正值花生、玉米、和高粱等作物播種的季節，田間農事最需人手。因此，學校都會規定學生親自下田協助耕種，如果家中沒有務農，也得主動幫忙別人耕種，寫心得報告當作業。

記得小時候，每年春假協助播種，但見山野牛隻耕田犁地，處處洋溢泥土芳香，以及家家扶老攜幼播種的情景。印象最深刻的，是田野可聽到杜鵑鳥在樹梢鳴叫，「不如歸去！不如歸去！」一聲聲淒厲。據說，從前有一對同父異母的兄弟，後母疼愛親生弟弟，為逼走非親生的哥哥，趁春耕時節，準備兩袋種籽，指定兩塊地，囑咐他們分別耕作，如果沒有收成，就不能回家！

因為，給哥哥的那袋種籽，事先經滾水燙熟，可是，兄弟倆上山途中在樹下歇息，竟拿錯種籽袋，結果，弟弟所種的田長不出新苗，就此不敢回家，哥哥急得到處尋找，一個山頭找過另一個山頭，不停地聲聲呼喚，最後吐血而死，嫣紅的鮮血化作杜鵑花，每年春耕時節盛開；而哥哥化作杜鵑鳥，繼續在田野聲聲呼喚，尋覓失蹤的弟弟！

或許，時移境遷，年華逐漸老去，兒時春耕播種的情景不復見，學校的春假也已取消。我的孩子，他們的童年只有卡通和電腦，懂得吃麵包，卻黍麥不分，昔日田園播種的樂趣，只能夢裡追憶了！

二〇〇三年四月十日

青暝唔驚槍

最近，「非典型肺炎」疫情肆虐，廣東、香港、台北與金門均傳死亡案例，醫界束手無策，SARS風暴引起全球大恐慌！根據新聞報導，當初不明疫情，已定名為「嚴重急性呼吸道症候群」，死亡病例是「瀰漫性肺炎」，列第四類法定傳染病。

讀這樣的新聞，讓我想起三十年前的一段往事，心頭不禁打了一個寒顫！因為，唸國三那一年，大家努力拚高中聯考，後座有一位姓楊的同學，功課一級棒，特別是數學科，更是頂呱呱，每次考試所向披靡，無人能匹敵，是全班公認的好學生。

然而，不知什麼時候開始，上課時楊同學不斷咳嗽，也沒有人多加理會，因為，在那個年代，感冒、咳嗽那是家常便飯，一點兒也不值大驚小怪。有一天，楊同學突然請假沒有到學校上課，約莫過了兩、三天後，竟傳來不幸病逝於醫院的噩耗。幾天之後，班上與他同村的同學，拿醫院開具的死亡證明書幫他辦理註銷學籍手續，死亡原因就寫著「大葉性肺炎」！

老實說，「八二三砲戰」十多年後的金門，到處仍是民生凋敝，絕大多數家庭還沒有抽水馬桶，雞、鴨和豬隻都還豢養在住屋裡，何來環境衛生可言？因此，學校爆發學生「肺炎」死亡疫情，不但衛生單位不當一回事，沒有對師生實施檢疫，也沒有任何消毒措施，學生更不知道嚴重性，甚至，那張「死亡證明」還在同學間傳閱，大家除了一陣惋惜，沒有人知道那可能是一種傳染病，萬一不幸被傳染，同樣是一命嗚呼！

說真的，醫藥科技發展一日千里，今天金門醫療設施與衛生環境，較諸三十年前進步何止百倍，不但有縣立醫院和國軍醫院、以及滿街私人專科診所，而且，還有緊急後送機制，島上居民生命是較有保障。或許，當年生活環境差，且無知又不懂害怕，正是所謂的「青瞑唔驚槍」；如今，民智大開，媒體擴大渲染，疫情雖未入侵金門，大家已嚇到腿軟，真是此一時、彼一時，不可同日而語！

二〇〇三年四月四日

願做牛，咁有犁拖？

不久前，南台灣的一個農業大縣，經調查有五個鄉鎮，目前各只剩下一頭水牛，其中某鎮的最後一頭水牛，畢生務農的飼主，由於年邁體衰，原想把水牛賣掉，但當屠戶準備牽牛上車的當兒，水牛似乎有靈性，自知即將面臨生離死別，因而不斷流著眼淚，深情脈脈不忍離去，老農看了心裡也很難過，回想曾經靠牠拖犁十幾個寒暑，朝夕相處彷如一家人，早已建立深厚感情，於是，當下決定打消賣牛的念頭，願繼續飼養水牛，直到自然老死為止！

讀這樣的新聞，真叫人溫馨滿懷，也叫人感傷不已！畢竟，中國以農立國，五千多年來，牛幫炎黃子孫拉犁耕田，讓五穀豐登，孕育華夏民族。而我們的老祖先，代代縱橫阡陌，從晨曦初露到黃昏夕照，耕牛如影隨形，彷彿就是農家的一員。尤其，耕牛走過春夏秋冬，翻土耙地，汗水滋潤了青禾，人們擷取甜美的果實，卻讓牠吃無用的莖葉和糟糠，怪不得很多老農看到年輕人大口吃牛肉，都認為很殘忍，忍不住要大罵忘本！

事實上，耕耘機發明之後，農村牛隻拉犁耕田的情景日益減少，機械取代人力，年輕人紛紛離鄉投入大都會，守在田園的老農逐漸凋零，特別是台灣加入世貿組織，稻米開放進口，國外及大陸廉價農產品充斥市場，本土農作物賣不出去，農民終年辛勞血本無歸，因而農村觸目屋頹田荒，牛隻日漸消失無蹤，自然不在話下！

幾千年來，在古老的農業社會裡，「甘願做牛，唔驚無犁拖！」一語道盡只要能吃苦、肯努力，具備戇牛的精神，絕對不怕沒有飯吃。可是，放眼今日社會，產業、資金大量外移，工廠相繼關門，到處是畢業即失業的年輕人、及中年失業的勞工，他們無助與徬徨，和農村有田耕不得的老農，他們和水牛的命運沒有什麼不同，「甘願做牛，已經沒有犁拖」了，令人感傷喟嘆！

二○○三年三月二十八日

最牛踏無糞

四十年前，烽火漫天的金門農村，到處斷垣殘壁，民不聊生！

當時，不識字的父母，沒有固定收入，靠種一塊錢三斤的青菜，和剝一斤一塊五毛錢的海蚵，撫養我們兄弟姐妹七人。每天天一亮，一大群孩子睜開眼睛，就像一窩張口嗷嗷待哺的雛鳥，特別是農忙季節，面對一群只會吃喝拉睡，不能分擔勞務的孩子，雙親常感慨的一句話是：「最牛踏無糞」！

或許，糞是人畜的排泄物，象徵髒和臭，一般人避之唯恐不及，但是，耕稼人家靠禽畜屎尿作肥料，甚至路見牛糞也如獲至寶，必定撿拾至糞坑儲存。因此，倘若養一大群牛不能匯聚糞便作堆肥，和辛勤耕作沒有收穫，是同樣的無奈！

其實，人世間，何止耕稼人家怨嘆「最牛踏無糞」。曾經，有一對夫婦生了十個女兒，茹苦含辛把她們養大，還幫她們找到乘龍快婿，可是，女兒出閣之後，真像潑出去的水一樣，大家相互推諉，沒有人願奉養生父母。有一年除夕日，孤苦無依的老夫婦傷心之餘，寫了一對「家有萬金不富；身擁五子還孤」的春聯貼於門外。鄰人見狀咸感好奇，經詢才恍然大悟；原來，一個女兒是千金，十個女兒就是萬金；女婿俗稱半子，十個女婿等於五子，辛苦一輩子擁有萬金和五子，卻孤苦伶仃過日子，令人聞之豈能不鼻酸？

回想當年，不識字的父母，在砲火下養育七個兒女，沒有生育補助費與子女教育補助費，憑藉勞力披星戴月，忍飢挨餓，讓孩子至少都完成高中以上的學業，如今分別在外行醫、從公或經商，兒媳爭相迎接雙親奉養，但老人家不願離開生長的家園，因此，兒媳不克隨侍在側，老人家忙碌一輩子，兒孫不能承歡膝下，晨昏乏人定省，處境和擁有萬金和五子的老夫婦，實際上並沒有什麼兩樣？

最近，大環境不景氣，老人遭棄養事件層出不窮，每當看到那樣的畫面，不由得想起「家有萬金不富；身擁五子還孤」的故事，腦海也再次浮現兒時父母感慨「最牛踏無糞」的情景！

二〇〇三年三月二十一日

養兒不防老

日前，高雄市有一名六十三歲的老先生，自己擁有博士學歷與副教授的經歷，但由於大環境不景氣，因而失業生活困頓，想要遠在美國的三個博士兒子按月寄生活費，卻分別遭到拒絕，痛心又生氣之餘，到地檢署按鈴控告兒子遺棄！

看到這則新聞，除了深深為博士老先生一掬同情淚，也不由得感慨西風東漸，中國固有人倫孝道日漸式微，昔日父母恩情深似海、昊天罔極的觀念不復存在，而且，與學歷成正比，書讀得愈多，反哺歸恩的觀念愈趨淡薄，令人嗟嘆！

當然，中國人崇尚孝道，看在西方人眼裡很難理解。因為，他們把權利和義務分得很清楚，認為父母養兒育女是應盡的義務，子女被養育是應享的權利，對父母沒有反哺的義務，他們依法納稅，老人安養與養護工作，應交給政府專業機構去照料。

其實，出國留學喝洋墨水的人，也不全然「數典忘祖」，大抵都能善盡人子之道，迎接雙親團聚共用天倫之樂，或學成返國承歡膝下！可是，博士老先生費盡畢生積蓄，把三個兒子養育成人，送出國留學成了洋博士，卻棄老父於不顧，或許，那是「三個和尚沒水喝」寓言故事的翻版；也可能是金門俗諺「最牛踏無糞」和「最囝餓死爸、多媳婦餓死奁家」的縮影！

誠然，中西文化不同，社會型態迥異，但隨著交通便捷，媒體傳播無遠弗屆，逐漸縮短差距，特別是中國固有人倫道統日漸式微，因而逆倫事件、子女棄養父母的情事層出不窮，諸如博士老先生控告三個博士兒子棄養，表面上看是理直氣壯，但孩子戶籍不在國內，司法管轄權「鞭長不及馬腹」，告了也等於白告，真是情何以堪？看來，為人父母，應該及早體認孩子功課好很重要，教育孩子懂得為人處事更重要，而且，社會型態改變了，宜有養兒不防老的心裡準備才好！

二〇〇三年三月十四日

不是文人

民國六十一年，屬於我的第一篇習作文稿投寄「正氣副刊」，三天之後化為鉛字與讀者見面，因而迷上寫作，三十年來先後用過幾個筆名，投稿過那些刊物，發表過多少文字，並沒有詳加記載；但是，腦海卻一直很清楚記著：一路走來，我只是文藝愛好者，不是文人！

其實，當初會迷上寫作投稿之路，只是為了賺稿費。因為孩童時期，砲戰後的金門農村普遍貧窮，我們家自是不例外。尤其，雙親不識字，只懂得種蕃薯渡日，幾無金錢收入，家裡兄弟姊妹一大群，每學期註冊學費都得四處告貸，黃卡其褲穿到屁股長出「兩個眼睛」，萬裏鞋底磨破腳跟著地、腳趾伸出鞋外，窮苦窘況可見一斑！

因此，為了生存活命，金錢對我們家實在太重要了，可是，既無本錢經商營利，亦無專技謀職，好不容易高中畢業後謀得助理員的差事，一個月二千多元，扣除伙食費及雜支所剩無幾，下班後不得不想辦法賺外快。於是，每天天未亮即起身到菜園裡種菜，從井底打水，澆一百多擔後，再踩十幾公里路的腳踏車去上班，下午循原路回家，再澆一次水，直到天黑方歇，晚飯後拿起稿紙塗鴉，能賺到稿費的刊物都不願錯過。

當然，很多漫漫長夜，絞盡腦汁一字字寫成的文稿，貼足郵票投寄出去，遭到退稿是家常便飯；但是，偶而被刊出，有時一篇稿費，甚至，比一個月的薪水還高，能貼補家用，也能買自己喜歡的書，怎能不動心？那是當時也能多賺一點錢的方法，逼著自己要讀更多的書、看更多的報紙，不斷的充實自我，因為，自己沒有學歷，不能沒有學識，也不能沒有能力！

歲月悠悠，當初為錢「煮字療飢」，如今，寫稿卻成工作上無可逃避的職責，只是才疏學淺，庸碌如昔，且每每急就如數繳稿，寫不出什麼好作品，愧對長期厚愛的讀者，雖塗鴉三十載，愈寫愈覺得學海浩瀚，自己渺小如滄海一粟，仍然只是一個亟待充實的文藝愛好者，不是文人！

二〇〇三年一月二十八日

小心不蝕本

阿里山森林小火車，因為一個小小的「角旋塞」未開啟釀成大禍，引發車箱煞車系統失靈翻覆，總計造成十七人死亡，一百七十餘人受傷的慘劇！

綜觀此一不幸事件，經專家鑑定係人為疏忽肇禍，因為，發車前機車頭與車箱間的「角旋塞」未開啟，正、副駕駛及列車長也沒有確實檢查，途中亦未查看煞車氣壓表，以致列車行經下坡路段煞車失靈而翻覆。換言之，這是累積好幾個環節的疏失，因而釀成的大禍，不但造成生命財產重大損失，自己也將吃上官司，負起過失致死的相關刑責！

除此之外，森林小火車翻覆，加諸禍不單行，空消救援的直升機亦超載迫降墜毀，新聞畫面上了國際媒體，讓聞名於世的阿里山觀光旅遊聖地蒙羞，引發遊客擔心受怕，紛紛退房或取消旅遊行程，讓相關業者生意一落千丈，所造成的損失真是難以估計！

同樣的，不久前，臺北也有一家婦幼醫院，錯將「馮京當馬涼」，護士一時的疏忽，把肌肉鬆弛劑，看作肝炎疫苗注射到七名嬰兒身上，造成搶救不及一死七傷的不幸情事。不僅自己吃上官司，醫院也被迫關門歇業，在在都是一時疏失，引發無可彌補的缺憾。

事實上，人常因貪圖一時之便，甚或自恃經驗老到，僅憑「感覺」便宜行事，跳過層層檢查管制，以為一切都在掌握之中，馬馬虎虎可以輕鬆搞定，所以，忘了隨手關電、關瓦斯，一個不小心，可能引起大火或氣爆，釀成大禍害！

所謂：「小心不蝕本」，許多的大災害，常因一時的疏忽所釀成，如果能多加小心，看一眼、多檢查一遍，或許，災害就會消弭於無形。阿里山森林小火車，因「角旋塞」未開啟翻覆，小疏失釀成大禍害，造成十七人死亡，一百七十餘人受傷的慘劇，血淋淋的教訓，足以為鑑！

二〇〇三年三月七日

瓜田李下

三十幾年前，剛剛開辦延長九年國民義務教育，國中教師奇缺，一位不畏對岸「單打雙不打」的砲火，從新竹隻身前來金門執教的老師，返台後曾當選二任鎮長，日前有機會隨「國際獅子會」金門參訪團前來舊地重遊。久別重逢，再沐師恩，特別感謝當年課堂上經常提起「瓜田李下」的諄諄教誨，伴我走過三十幾個寒暑，終身受益匪淺！

說真的，當時年少懵懂，對於「瓜田不弄李，李下不整冠」的含義，只能說是一知半解，迨出了社會之後，面對諸多不公不義的情事，尤其是利益薰心，不懂得迴避，眼見有好處，即頭殼削尖尖去鑽營，老婆親人統統一起來全家樂，也不管別人在背後指指點點。

比方說，「公務員服務法」明文規定涉本身或家族利益應迴避，可是，有人「驚某大丈夫」，自已任幹部，妻子是部屬，老婆不用做事，每天帶兩、三套衣服更換時裝表演，卻年年考甲等，而同樣是女部屬，別人連續七、八年乙等，這樣的作法，表面上是贏得獎金，事實上，輸掉用錢買不到的人格尊嚴，以及單位的團結向心！

其實，這是一個文明開放的社會，任何的矯情掩飾，最後終逃不過大眾眼睛的檢驗，因為，天底下只有傻瓜，才會將別人當傻瓜。日前，新竹科學園區公布公司營收排行榜，宏碁電腦勇奪第一，這是集團老闆施振榮先生「有肚量、有福氣」換來的成果，他唯才是用，懂得照顧員工。因此，公司上下一心，短短幾年締造出「電腦王國」，不僅上、中、下游相關產品傲視群倫，自有品牌風行全球，一心存善念，大公無私，造福人類無窮希望！

這些年來，秉持老師的教誨，不管做任何事，首先要考量的是坦坦蕩蕩，不敢讓人有「瓜田李下」之非議，雖然，三十年後師生再相見，自覺一事無成，實在愧對恩師期許，但是，足堪安慰的是秉持老師的教誨，「福雖未至，禍已遠矣！」一家人平平安安，平安就好，還奢求什麼？

一九九九年十月六日

後記

但使願無違

在我三歲那年，爆發「八二三炮戰」，四十四天大戰當中，金門一百五十二五方公里的小島，落彈近五十萬發；由於村後國軍佈置八門「一五五榴彈炮」，因炮兵開火，慣例先轟炸對方炮陣地，所以，村子遭「池魚之殃」落彈特多，我們家唯一棲身的磚瓦房，先後中了七發炮彈，同時，灌溉的水井被震跨，連耕牛也被炸得身首異處，唯一慶幸的是，一家老小毫髮無傷！

自古以來，農村需要大量人手，家家孩子一大群，我們家也一樣，兄弟姊妹七人，個個嗷嗷待哺。金門是海中孤島，到處黃沙滾滾，能耕種的田地本不多，成年男丁皆遠赴南洋討生活；先祖自對岸泉州渡海前來墾牧，祖父有五個兄弟、父親也有五個兄弟，祖產得作廿五等份均分，偏偏我也有五個兄弟，將來若要靠耕種維生，將無立錐之地。何況，適逢「國、共」兩軍隔著金廈重兵對峙，金門居民管制不准出境到南洋謀生，島上無分男女，年滿十六歲即納入民防自衛隊，配發槍枝接受軍事訓練，隨時為保鄉衛國與國軍併肩作戰。

當年，金門教育不普及，普遍是借用村落中的宗祠當教室，學生打赤腳在敵人的砲聲中上課，很多人等不及唸完國民小學，只要有一枝步槍高，就紛紛報考「士校」當兵吃大米飯，不必天天喝蕃薯湯，家裡也可申領眷補米糧。

或許，由於當時營養不良，唸國中以前，我的個兒一直沒有步槍高，而且，有人當著母親的面嘲笑：「一個兒子娶媳婦，聘金等開銷至少要二十萬元，五個兒子就要一百萬，沒田、沒地、沒產業，憑什麼娶某，將來恐怕要被人家『招女婿』改姓！」

因此，父母親發願：孩子既然已生下，無論日子再怎麼辛苦，也要讓所有孩子唸完金門最高學府——金門高中，更不能被招贅改姓。事實上，雙親生長在日據時代，沒有機會讀書識字，僅靠種一塊錢三斤的青菜、和剝一斤一塊五毛錢的海蚵，沒有固定收入、也沒有「子女教育補助費」，卻能在敵人的炮火下，讓五個兒子先後唸完金門高中，雖然，在那窮苦的年代，部份孩子未能升大學，但其中有人在離島從未補習，卻能自力考上醫學系；更值得安慰的是，五個兒子都已成家立業，沒有人出嗣或贅入他姓。

坦白說，當年個人高中畢業未能升學，迄今不但沒有怨與恨，反而非常感謝父母，因為，當時一家老小生活無以為繼，他們沒有為了領取軍眷米糧，強逼我們兄弟去當兵，甚而能讓我們到城裡唸高中，確實是非常的不容易。

當然，因為自己沒有學歷，自覺要在職場存活，就不能沒有學識、也不能沒有能力，所以，平時努力看書、閱報，希望在「社會大學」裡多多充實自己。很幸運地，進入金門日報工作之後，承蒙時任編輯主任的顏伯忠先生諄諄教誨，提攜擔任新聞編輯，並因工作關係得與文字為伍，逼著自己每天要看很多份報紙、找時間閱讀古典史籍，並時時關心社會脈動，所謂「世事洞悉皆學問、人情練達即文章」，幾年之後，幸獲升等考試及格，在「無牛駛馬」的情況下，先後晉升編輯主任及總編輯，然因長期上夜班，且沒有固定假日，金門雖已開辦大學，惜仍無緣進修補學歷，幸好，為應工作需求，每天更勤於讀書、閱報，才能獲取更多的知識。

如今，能獲「秀威資訊」發行人宋政坤先生、主任編輯林世玲小姐之協助，願同時出版「人間有情」、「天公疼戇人」、「心寬路更廣」、和「心中一把尺」四書，同時，更幸運能獲知名作家丘秀芷女士、國際知名法學博士傅崑成教授、金門文壇前輩陳長慶先生，摯友陳欽進兄等分別作序，以及蔡群生先生為文稿校對、名書法家張水團先生為書名題字，謹此同表感謝。

值得一提的是，文壇前輩陳長慶先生際遇比我還糟，唸完初一即因家境所迫輟學，靠賣書、賣報維生，卻能自修苦讀，並不斷向各報刊投稿，所寫的金門鄉土小說和散文，備受讀者喜愛，迄今已結集出版二十七本書，分別在各大書店和網路書城出售。

回首前塵往事，當年我的父母不識字，為恐孩子娶不到媳婦，因而發願無論再怎麼辛苦，也要讓孩子讀完高中，不能被人家招贅改姓；如今，他們的願望達成了！想想自己年逾不惑，雖然沒有學歷，卻依然擁有時時努力學習、和接受挑戰的勇氣，儘管，靠自修投稿寫作之路非常辛苦，但金門文壇前輩陳長慶先生，正是我效法的好榜樣，因此，願借用陶淵明的詩句：「晨興理荒穢，帶月荷鋤歸；道狹草木長，夕露沾我衣；衣沾不足惜，但使願無違。」作為鞭策自己的動力、與努力的方向，祈盼有朝一日，願望也能實現！

二〇〇七年十一月二十五日

國家圖書館出版品預行編目

天公疼戇人 / 林怡種著. -- 一版. -- 臺北市 :
秀威資訊科技, 2008.01
面； 公分. --（語言文學類；PG0165）

ISBN 978-986-6732-54-6（平裝）

855　　96025013

語言文學類　PG0165

天公疼戇人

作　　者 / 林怡種
發 行 人 / 宋政坤
執行編輯 / 林世玲
圖文排版 / 郭雅雯
校　　對 / 蔡群生
封面設計 / 莊芯媚
書名題字 / 張水團
數位轉譯 / 徐真玉　沈裕閔
圖書銷售 / 林怡君
法律顧問 / 毛國樑　律師
出版印製 / 秀威資訊科技股份有限公司
台北市內湖區瑞光路583巷25號1樓
電話：02-2657-9211　傳真：02-2657-9106
E-mail：service@showwe.com.tw
經 銷 商 / 紅螞蟻圖書有限公司
台北市內湖區舊宗路二段121巷28、32號4樓
電話：02-2795-3656　傳真：02-2795-4100
http://www.e-redant.com

2008 年 1 月 BOD 一版
2009 年 11 月 BOD 二版
定價： 270 元

讀　者　回　函　卡

感謝您購買本書，為提升服務品質，煩請填寫以下問卷，收到您的寶貴意見後，我們會仔細收藏記錄並回贈紀念品，謝謝！

1.您購買的書名：______________________________

2.您從何得知本書的消息？

□網路書店　□部落格　□資料庫搜尋　□書訊　□電子報　□書店

□平面媒體　□ 朋友推薦　□網站推薦　□其他__________

3.您對本書的評價：(請填代號　1.非常滿意 2.滿意 3.尚可 4.再改進)

封面設計____　版面編排____　內容____　文/譯筆____　價格____

4.讀完書後您覺得：

□很有收獲　□有收獲　□收獲不多　□沒收獲

5.您會推薦本書給朋友嗎？

□會　□不會，為什麼？______________________________________

6.其他寶貴的意見：______________________________________

____

____

____

讀者基本資料

姓名：____________________ 年齡：______ 性別：□女 □男

聯絡電話：________________ E-mail：____________________

地址：____

學歷：□高中(含)以下　□高中　□專科學校　□大學

□研究所(含)以上 □其他_______________

職業：□製造業 □金融業 □資訊業 □軍警 □傳播業 □自由業

□服務業 □公務員 □教職　□學生 □其他__________

請貼
郵票

To：114

台北市內湖區瑞光路 583 巷 25 號 1 樓

秀威資訊科技股份有限公司　　收

寄件人姓名：

寄件人地址：□□□

- -

(請沿線對摺寄回,謝謝!)